I0635371

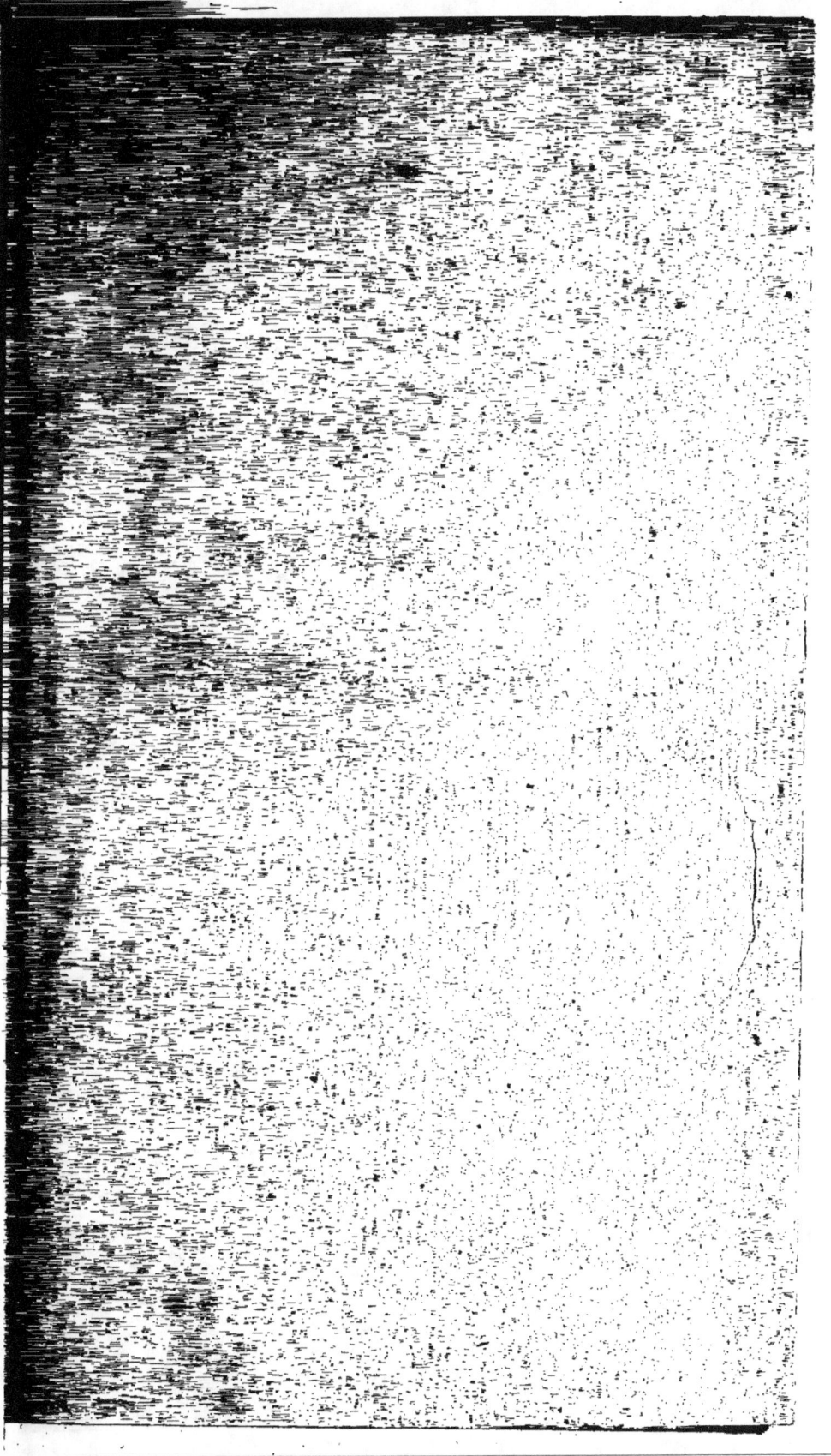

Ye

26932

LYRE

DES FRANCS-MAÇONS.

Y

EBERHART, IMPRIMEUR,
Rue du Foin S.-Jacq. n. 12.

Ils sont Réunis

LYRE

DES

FRANCS-MAÇONS:

CHOIX

DE CANTIQUES, ÉCHELLES, ROMANCES ET RONDES
INÉDITS, PEU CONNUS OU CÉLÈBRES

Des FF∴

Antignac, Armand-Gouffé, Armand Séville, Bazot, Frédéric Bourguignon, Brazier, Cadet-Gassicourt, Hector Chaussier, de Condorcet, Coupé de Saint-Donat, Désaugiers, Dieulafoi, Dumersan,
Dumolard, Emmanuel Dupaty, J. A. Jacquelin, Etienne Jourdan,
P. Gentil, Lablée, de Lattaignant, Philipon de la Madeleine,
A. Martinville, Merle, de Miramond, Moreau, de Piis, Maxime
de Redon, Romagnesi, de Rougemont, de Tournay, etc.

PARIS,

LIBRAIRIE MAÇONNIQUE DU F∴ CAILLOT,
Rue S.-André-des-Arcs, N° 57.

1830.

AVIS.

La Lyre des Francs-Maçons est destinée à avoir un succès populaire. Il n'y aura pas un Banquet, une fête d'adoption, une réunion Maçonnique quelconque où l'on ne s'empressera d'extraire de la Lyre plusieurs productions des FF∴ chansonniers du Caveau Moderne, ou des Soupers de Momus, les seules académies de France où l'on s'amuse et où le rire est de bon aloi.

Ce recueil, esprit, quintessence, élixir de vingt volumes ou de porte-feuilles riches et variés, a été composé de manière que les cantiques, romances, allégories, couplets et échelles, soient de tout tems, de toute assemblée Maçonnique, de tout âge et de tout sexe : rien qu'on ne puisse chanter ou entendre, rien de spécial à telle ou telle loge, à tel ou tel vénérable. En effet, qu'importe à l'ordre entier l'éloge des corps ou des individus ? On chante pour intéresser et plaire ; on veut, dans des vers échappés du cœur ou à une verve entraînante, louer ou faire louer les grands principes de l'institution, les sublimes ou douces vertus Maçonniques, les heureuses qualités, les charmes des SS.·. ... Ces matières sont riches et variées, et la LYRE les reproduit avec sentiment, délicatesse, gaîté, transport, et toujours bonheur. Chanteurs et auditeurs feront chorus : les vertus, les grâces et la folie aimable ne cessent jamais d'être du moment.

Sans doute l'intérêt du recueil est spécial aux Maçons et aux dames Maçonnes. Mais quels profanes n'aimeront pas en toute occasion, à retrouver les productions des Désaugiers, des Armand-Gouffé,

des Em. Dupaty, etc., etc.? Et qui osera
affirmer que ces profanes lorsqu'ils verront tant d'hommes d'esprit, graves ou
légers, mais éminemment de bon goût,
célébrer l'institution Maçonnique, ne se
feront pas recevoir dans un ordre qui les
a si bien inspirés? Un hymne guerrier a
enfanté des héros; un cantique peut en-
fanter des légions de Maçons :

La Lyre des Francs-Maçons est donc
destinée à avoir un succès populaire !

LYRE

FRANCS-MAÇONS.

LES CINQ SENS.

AIR : *Un motif plus puissant, je pense.*

MARS et Vénus d'un vain délire
Jadis m'enflammaient tour-à-tour ;
Je ne modulais sur ma lyre
Que des chants de gloire et d'amour.
L'âge a dissipé mon ivresse,
Je n'exalte plus leurs hauts faits ;
Mais inspiré par la sagesse,
Je chante les cinq points parfaits.

Bienfaisante et pure lumière,
Eclairant mon cœur et mes yeux,

I

Tu m'offres une nouvelle ère
De jours sereins et glorieux.
Du vrai bonheur tu me révèles
L'existence dont je doutais ;
Pour vous, Maçons vrais et fidèles,
Il est dans les cinq points parfaits.

Pied contre pied que je te touche,
Enfant d'Hiram, tu me comprends ?
Toujours ce qu'a promis ma bouche,
Avec ardeur je l'entreprends.
Si le sort te devient contraire,
Fidèle aux sermens que j'ai faits,
J'accomplirai pour toi, mon frère,
Le premier des cinq points parfaits.

O Jéhovah ! je m'humilie
Devant ta suprême grandeur ;
Le nœud bienfaisant qui nous lie
Elève, enorgueillit mon cœur.
Offrir à l'auteur de son être,
Un cœur sensible à ses bienfaits ;
L'adorer, c'est remplir en *maître*,
Le second des cinq points parfaits.

L'amitié, toujours à l'épreuve
Des vains caprices du destin,
Chez les fils aînés de la Veuve,
A l'indigence offre la main.
Des coups de l'aveugle déesse
Ils ne craignent pas les effets :
S'aider avec délicatesse
Est encore un des points parfaits.

Si mon âme faible et coupable
Brisait le joug des passions,
Si ta sagesse invariable,
Dieu ! dirigeait mes actions.
Dans ma glorieuse carrière,
Sans orgueil, alors, je pourrais
Remplir, en conseillant mon frère,
Encore un des cinq points parfaits.

Frères, par la Maçonnerie,
Saint ouvrage de l'Éternel,
Nous n'avons plus qu'une patrie,
Nous n'avons plus qu'un même autel.
Viens, ô Maçon ! que je te donne
Aujourd'hui le baiser de paix ;
Aimons-nous : voilà ce qu'ordonne
Le dernier des cinq points parfaits.

J. QUANTIN.

CANTIQUE.

—

Air à faire.

FRANCS compagnons de la Maçonnerie,
Notre loi sainte unit le genre humain :
Le monde entier, voilà notre patrie,
Partout au frère, un frère tend la main.

A ses devoirs en tout, partout fidèle,
Ami de l'ordre et de l'humanité,
Le Franc-maçon doit être un vrai modèle
De fermeté, d'honneur et de bonté.

Dans les banquets faut-il vider son verre;
Au feu jamais il ne s'est compromis;
Dans les combats faut-il sauver un frère;
Le Franc-maçon ne voit plus d'ennemis.

Grand Ar∴! ô source de lumière!
Dans l'univers, fais triompher nos lois:
Du genre humain fais un peuple de frères;
A nos banquets fais asseoir tous les rois.

Que la sottise à la face bouffie,
Au regard louche, au maintient suffisant,
L'intolérance armant l'hypocrisie,
Soient contre nous ligués avec Satan;

Le soufle impur de cette race immonde
Peut-il du ciel obscurcir le flambeau?
Bravons ses coups; sous les débris du monde,
Le temps peut seul creuser notre tombeau.

Ami du peuple et de la tolérance,
Le grand Henri, vrai modèle des preux,
De l'union fit goûter à la France
Les doux bienfaits, objets de tous nos vœux.

Le lion veille (1) : enfans de la lumière,
Veillons toujours de peur d'être surpris;
D'un pas égal marchons dans la carrière,
De l'union la victoire est le prix.

Frères-amis, d'Union, d'Henri-Quatre,
Et d'Henri-Quatre et de Bonne-Union,
Doivent s'aimer et, s'il le faut combattre,
Toujours unis sous même pavillon.

C'est aujourd'hui la fête de famille,
A tout Maçon le banquet est ouvert;
L'amitié l'orne et la joie y pétille,
La bienfaisance y trouve son couvert.

Francs compagnons de la Maçonnerie,
Notre loi sainte unit le genre humain;
Le monde entier voilà notre patrie,
Partout au frère un frère tend la main.

C. V. MONIN.

●●

LE RÊVE D'UN FRANC-MAÇON.

———

CANTIQUE.

CETTE nuit un heureux songe
Charmait mon cœur agité;
J'ai cru par ce doux mensonge
Etre en loge transporté. (*bis.*)

———

(1) Sicut leo rugiens et quærens quem devoret.

Mais ce qu'on croira sans peine
C'est que j'ai rencontré là,
De cœurs unis une chaîne,
Cette chaîne, la voilà,
    La voilà, (*bis.*)
Est ce un rêve que cela !

D'abord ma faible paupière
Fut étonnée en entrant
Du grand foyer de lumière
Qui brillait à l'orient, (*bis.*)
Mais un air charmant, affable,
A mes regards signala
Un auguste vénérable
Chéri de tous, le voilà,
    Le voilà, (*bis.*)
Est-ce un rève ? }
Le doux rève ! } que cela.

Au premier signal que donne
Le maillet du Président,
Un coup sur chaque colonne
Se fait entendre à l'instant. (*Bis*)
Deux surveillans pleins de zèle,
Avaient frappé ce coup-là ;
Mais si mon œil est fidèle,
Ces surveillans, les voilà,
Les voilà, c'est bien ça,
Le doux rève que cela !

J'appris qu'avant l'ouverture,
L'Architecte et les experts

Avaient de la couverture
Visité les points divers. (*Bis.*)
Contre la pluie ou la neige
Leur rapport nous rassura :
Mais pourtant... Mais, me trompé-je ?
Architecte, experts sont là,
   Les voilà, (*bis.*)
Le doux rêve que cela !

Mais on frappe, et plus d'un maître
Attend dans les pas perdus,
Bien vite on va reconnaître
Ces visiteurs bien venus. (*bis.*)
Maître de cérémonies
A l'instant les présenta,
Et par triples batteries
La loge les salua,
   Les voilà, (*bis.*)
Fêtons ces visiteurs-là.

Bientôt concourt chaque frère
Aux travaux de l'atelier,
Orateur et Secrétaire,
Hospitalier, Trésorier,
Enfin atelier entier ;
D'une œuvre de bienfaisance
Avec zèle on s'occupa,
Tout Maçon par excellence
Chérit cette vertu là,
   Pour cela, (*bis.*)
Les maçons sont toujours là.

Mais quel courroux nous transporte,
Des profanes à grands coups,

Du temple assiégent la porte,
J'entends crier les verroux :
Profanes ! que voulez-vous ?
J'entends gronder le tonnerre,
J'entends… mais restons-en-là,
Chacun d'eux devient un frère,
L'acier brille, et les voilà…
  Les voilà, (*bis.*)
Les initiés sont là.

Tout-à-coup mon rêve aimable
Par un effet singulier,
En un atelier de table
Transforma tout l'atelier, (*bis.*)
Gaité vive, aimable, franche,
Chez tous les frères règna,
Plein de poudre rouge ou blanche
Plus d'un canon s'aligna.
  Les voilà, (*bis.*)
Brûlons cette poudre-là.

Mais quels sons viens-je d'entendre !
Il me souvient qu'Apollon,
Des cieux, forcé de descendre,
Sur terre se fit Maçon.
Cette douce mélodie
Dont sa lyre nous charma,
Cette céleste harmonie…
Frères, reconnaissez-la,
  La voilà, (*bis.*)
Les fils d'Apollon sont là.

Le vénérable, très-sage,
Pour cette fête a déjà
Porté les santés d'usage,
Que plus d'une autre suivra,
Oui, plus d'une autre suivra.
S'il le permet, je l'en prie,
Mon rêve aussi saluera
Par un feu d'artillerie.
Tout l'atelier que voilà,
    M'y voilà, (*bis.*)
A vous tous ce canon-là.

De Tournay.

LA MAÇONNERIE.

Air : *De la Colonne.*

Maçonnerie ! ô reine de la terre !
Toi dont les pas sont marqués de bienfaits ;
Toi qui pour guide as choisi le mystère,
Cachant toujours les heureux que tu fais. (*bis.*)
Du monde envain l'esclave te décrie,
Tes fils, liés par des sermens vainqueurs,
    Elèvent ce cri de leurs cœurs :
    Honneur à la Maçonnerie ! (*bis.*)

A l'Orient nous devons ta naissance,
Tout l'Orient fut soumis à tes lois ;
Les Pharaons vénéraient ta puissance,
Et le Jourdain a béni tes exploits.

1*

Bientôt la Grèce à ta source chérie
S'est abreuvée aux antres d'Eleusis ;
 Là chantaient les enfans d'Isis :
 Honneur à la Maçonnerie !

Quand le Romain, ce fier vainqueur du monde,
Tomba vaincu sous le joug des tyrans,
La liberté, fuyant leur souffle immonde,
Dans Eleusis retint ses pas errans.
Bravant l'oubli de sa gloire flétrie,
Plus d'un héros du sort persécuté,
 Proscrit, a souvent répété :
 Honneur à la Maçonnerie !

De ta lumière éclatait Pythagore,
Il te devait son merveilleux savoir ;
Platon, Virgile et Marc-Aurèle encore
Ont proclamé ton céleste pouvoir.
De Constantin l'ardeur envain te prie :
« Fuis, lui dis-tu, comme l'affreux Néron. »
 Tu reçus le grand Cicéron :
 Honneur à la Maçonnerie !

Dans les déserts où sommeille Palmyre,
Sous tes drapeaux de nobles chevaliers,
Preux vagabonds que l'univers admire,
Ont signalé leurs vaillans boucliers ;
Et dans ces temps qu'a vus la barbarie,
Où l'équité n'avait plus de support,
 L'opprimé criait dans le port :
 Honneur à la Maçonnerie !

Mais pourquoi donc de ces âges antiques
Interroger les exemples touchans,
Quand près de nous mille faits authentiques
Demandent part au tribut de nos chants ?
Ce prisonnier qui, loin de sa patrie,
Porta les fers de la captivité,
 Te dut cent fois la liberté :
 Honneur à la Maçonnerie !

Maçonnerie, aimable souveraine,
Sœur des vertus, de l'ordre et de la paix,
Toi dont l'accent vers le bien nous entraîne,
Viens ranimer, grossir nos rangs épais ;
De tes faveurs que notre ame nourrie,
En s'allumant à ton divin flambleau,
 Redise encor, près du tombeau :
 Honneur à la Maçonnerie !

ALBERT-MONTÉMONT.

LE NOMBRE TROIS.

AIR : *De la Limonadière du Café du Bosquet.*

GOBU proclame en ses colonnes
Le dogme de la trinité,
Je reconnais, en trois personnes,
Une seule divinité.
Est-ce une vaine conjecture ?
En y songeant bien chaque jour,
Je vois, en sa triple nature,
 La Gaîté, Bacchus et l'Amour.

Dans cette fête maçonnique,
Tout est fait pour plaire à mon cœur,
Mais est-ce assez d'une barrique
Pour un ouvrier plein d'ardeur?
Vous ne direz pas le contraire,
Très-cher ordonnateur, je vois
Qu'ici vous manquez, ô mon frère!
De respect pour le nombre trois.

Un certain soir à ma Glycère,
Dans un bosquet mystérieux,
Je prouvai ma flamme sincère,
Par le nombre honnête de deux.
« Ah! dit l'amoureuse friponne,
« Je comptois sur mieux, car, je crois,
« Quoique je ne sois point maçonne,
« Que chez vous tout se fait par trois. »

Par ce récit on voit la suite
Qu'auraient nos indiscrétions;
Si Glycère était plus instruite,
Où tendraient ses prétentions?
Maîtres! cachez bien à vos belles,
L'âge que vous donnent nos lois;
Le sachant, las! s'en tiendraient-elles
Encore au saint nombre de trois?

J. QUANTIN.

●●●

COMPLAINTE MAÇONNIQUE,

A L'OCCASION D'UN TEMPLE SPIRITUEL QUI VA DEVENIR UN
JARDIN POTAGER,

————

AIR : *Contentons-nous d'une simple bouteille.*

IL fut un temps où l'étoil' maçonnique
Couvrait de feux l'Orient d'Saint-Quentin,
Mais à présent d'sus l'pavé mosaïque
J'n'apperçois plus qu'un rayon clandestin.
Quelques Maçons qui voulaient tout abattre
Près des travaux ont cru s'casser les bras.
Nous étions cent, nous n'somm's plus qu'trois ou
　　　　quatre,
Les jours se suiv'nt et né se r'semblent pas !

Sur un terrein où n'croissaient qu' des grosseilles
Nous élevions un temple à l'Éternel,
Nous pensions tous faire monts et merveilles
Même en dépit du tyran don Miguel.
Mais de c'terrein l'maudit propriétaire
D'mande un loyer et nous manquons d'ducats ;
L'acacia meurt, et viv'nt les pomm' de terre !
Les jours se suiv'nt et ne se r'semblent pas !

Au lieu d'*maçons* sur la place où nous sommes,
On admir'ra d'zépouvantails d'oiseaux ;
Au lieu d'*boul's blanch's*, on y r'cueill'ra des pommes,
Au lieu d'un *aigle* on verra des moineaux.

Nous qui jadis à coups d'maillets et d'pioches
Dans c't'atelier trouvions tous tant d'appats,
Pauvr's chevaliers nous n'faisons qu'des brioches,
Les jours se suiv'nt et ne se r'semblent pas !

La ronc', l'épin', remplac'ront nos *flamberges*,
Un' s'err' sera l'*cabinet d'réflexions*,
La *planch'* à *clous* n' s'ra plus qu'un champ d'asperges,
Et les *colonn's* s'ront tout's en rangs d'oignons.
Adieu plaisirs ! l'arrosoir, la serpette,
Vont tenir lieu d'équerre et de compas ;
Ils sont passés, r'grettons ces jours de fêtes ;
Les jours se suiv'nt et ne se r'semblent pas !

Peut-être hélas ! à vos sacrés mystères
A-t-on reçu d'ridicules serments,
Et qu' l'édific' fait d'éléments contraires
S'écroul' pour ça sur ses vieux fondements.
Si vous aviez admis à droite, à gauche,
Pour terminer nous somm's bons *candidats*,
Sur nous personn' n'os'ra vous faire de r'proches ;
Les jours se suiv'nt et ne se r'semblent pas !

O mes amis ! puisqu'on va fermer l' *temple*,
Si nos travaux demeurent suspendus,
A l'amitié donnons tous un exemple,
Et que nos soins au moins n'soient pas perdus.
A l'infortune, à la vertu sublime
Soyons fidèl's jusqu'au jour du trépas,
Et faisons tous démentir cett' maxime,
Les jours se suiv'nt et ne se r'semblent pas !

CH. QUENTIN,
App∴ de la Philantropie, O∴ de S.-Quentin.

LE NOMBRE CINQ.

COUPLETS D'ADOPTION.

AIR : *Philis demande son portrait.*

LE nombre cinq est dans ces lieux
　　Le nombre qu'on préfère,
Oui, mes sœurs, il offre à nos yeux
　　Une leçon bien chère.
Il dit dans ce temple divin,
　　Où candeur nous rassemble :
Comme les cinq doigts de la main
　　Soyons unis ensemble.

Nous avons beau nous concerter
　　Dans cette conjoncture,
On fait en vain pour vous chanter
　　Les cinq sens de nature.
Le sens des yeux a tant d'appâts
　　Pour qui fixe les vôtres,
Que nous pourrions sur ces climats
　　Oublier les quatre autres.

Par cinq fois je donne un baiser ;
　　Ce point-ci m'embarrasse :
Je ne sais comment les placer ;
　　Instruisez-moi de grâce.
Sur chaque joue un, c'est bien deux,
　　Si j'en crois mon barême ;
Deux autres vont chercher les yeux :
　　Où placer le cinquième ?
　　　　　　　　　　BARRÉ.

LES FRANCS-MAÇONS A FAIRE.

AIR : *Encore un quart'ron Claudine.*

QUE pensez-vous, mon frère,
Du financier Damon ?
— Au cri de la misère,
Il n'est pas sourd, dit-on.
— C'est un franc-maçon à faire,
C'est un franc-maçon.

Dans son humble chaumière,
Quel est ce vieux barbon ?
— C'est un excellent père,
Chéri de sa maison.
— Encore un maçon à faire,
Encore un maçon !

Et l'amant de Glycère,
N'est-il pas fanfaron ?
— Il aime avec mystère...
— De la discrétion !
Encore un maçon à faire,
Encore un maçon !

Et cet homme d'affaire ?
— Ce n'est pas un fripon ;
Un honnête salaire
Est son ambition.
— Encore un maçon à faire
Encore un maçon !

Commis d'un ministère,
Quel homme est ce Cléon ?
— Il porte une âme fière,
N'est point Caméléon.
— Encore un maçon à faire,
  Encore un maçon !

Quel est ce solitaire ?
C'est un fils d'Apollon ;
La vertu sait lui plaire,
Et lui donne le ton.
— Encore un maçon à faire,
  Encore un maçon !

Quel est ce militaire ?
— Il brave le canon.
Ne fait-il plus la guerre,
Il est sensible et bon.
— Encore un maçon à faire,
  Encore un maçon !

Et ce docteur sévère ?
— Grandeuil, voilà son nom.
Quelquefois il enterre,
Mais sans intention.
— Encore un maçon à faire,
  Encore un maçon !

Couché sur la fougère,
Quel est ce gros garçon ?
Comme il vide son verre !
Oh ! c'est un franc-luron !
— Encore un maçon à faire,
  Encore un maçon !

Quand verra-t-on sur terre,
Suivant notre leçon,
Chacun s'aimer en frère,
Et dire à l'unisson :
Plus de francs-maçons à faire,
Tout homme est maçon !

J. A. JACQUELIN.

ÉCHELLE LYRIQUE,

DE Mme M. DE L'I...., GRANDE MAITRESSE.

AIR :

LIEUX consacrés de la célèbre Asie
Par le berceau d'illustres fondateurs ;
Vous avez vus, de la Maçonnerie,
Naître les fils et les premières sœurs.   (*bis.*)
Si loin de vous, nous reposons nos têtes ;
Si loin de vous, sont moins doux nos travaux,
Nous rappelons, pour embellir nos fêtes,
Vos souvenirs et vos brillans tableaux.   (*bis.*)

Site enchanteur où vécurent nos pères ,
Avec amour, ils te nommaient *Eden.*
Tu nous cédas tes augustes mystères,
Et tu nous rends d'Ève le beau *jardin*.   (*bis.*)
De mille fleurs, je me vois entourée ;
Mon cœur, mes yeux, sont émus, sont charmés ;
Et chaque sœur me paraît adorée,
Comme les airs me semblent embaumés.   (*bis.*)

Illusion, qui transporte mon ame,
Règne toujours sur elle et sur mes sens;
Mes chères sœurs, ah! qu'elle vous enflamme,
Et qu'elle ajoute à nos plaisirs décens. (*bis*.)
Des vrais maçons qu'elle soit le partage,
Et qu'avec vous chacun redise bien :
A l'ordre saint, je rends un pur hommage!...
Frères et sœurs, moi, je vous rends le mien. (*bis*.)

BAZOT.

LES CHARMES DE LA MAÇONNERIE.

AIR : *Ah! que de chagrins dans la vie !*

AH! que de plaisir dans la vie !
Et quelle satisfaction,
Lorsque de la Maçonnerie
On suit la douce impulsion !
Pénètre-nous de tes célestes flammes,
Douce amitié, flambeau divin,
Inspire-nous, et viens remplir nos âmes
D'amour pour tout le genre humain.

A tout Maçon donnons l'exemple
Par notre travail assidu ;
Que les bases de notre temple
Soient la sagesse et la vertu.
Du malheureux, par des soins salutaires,
Tâchons d'adoucir le destin ;
Sans cesse enfin, travaillons tous, mes frères,
Pour le bonheur du genre humain.

Après un travail profitable,
Il est doux de se reposer;
Et dans un banquet agréable
Le maçon vient fraterniser :
A l'amitié dont toujours il fait gloire,
Il consacre encore ce festin,
Et son bonheur, son bonheur est de boire
A la santé du genre humain.

ARMAND-SÉVILLE.

ROMANCE.

(1802.)

AIR *de Renaud-d'Ast.*

En créant les faibles humains,
Les dieux ont semé leur carrière
De ténèbres et de lumière,
De jours sombres, de jours sereins.
Pour consoler notre existence,
Ils ont placé dans notre cœur
L'espérance pour le malheur,
Et la pitié pour l'indigence.

Gloire à ces dieux qui nous ont fait
Le don de la réminiscence,
De l'amitié la jouissance,
La récompense du bienfait.
Quand le moment vient de descendre

Au dernier séjour des mortels,
C'est lui qui, sur nos saints autels,
De pleurs arrose notre cendre.

Mais, pour de tendres souvenirs
N'avons-nous que de tristes larmes?
Avec plaisir chantons les charmes
De qui partagea nos plaisirs.
En pressant l'urne cinéraire,
Un cœur sent palpiter un cœur,
Et goûte encore du bonheur
L'ombre toujours trop passagère.

Plus sages que nous, plus heureux,
Ce peuple aimable de la Grèce,
Savait aux chants de la tristesse
Mêler des fêtes et des jeux.
Que ceux, disait-il, qu'on adore
Arrivent aux champs fortunés,
Des mains du printems couronnés,
Parfumés de celles de Flore.

Fleurs qui parez ces lieux de paix,
Vous qu'un léger souffle endommage,
Du plaisir aujourd'hui l'image,
Demain vous mourrez pour jamais.
Si, comme vous, des destinées
Nous voyons le cercle finir,
De nos frères le souvenir
Reprend le fil de nos années.

ANGÉBAULT.

PHILANTHROPIE.

AIR : *Français, quel est ce Chevalier ?*

LE disque brillant du soleil
Semble s'arrêter sur nos têtes,
Et la nature à son réveil
Commande et partage nos fêtes :   (*bis*).
   Des justes au pervers,
Et des hommes jusqu'à l'insecte,
Tout reçoit dans cet univers
Les bienfaits du Grand-Architecte.

Sages Maçons, célébrons en ce jour
   Et ses bienfaits et notre amour.   } *bis*.

   Il peut réparer nos revers,
Il sait éteindre nos querelles ;
Par lui l'esclave rompt ses fers,
La liberté reprend ses aîles.   (*bis*).
   Il soutient le malheur,
Il créa la Maçonnerie,
Des méchans il est la terreur,
Des Grecs il sauva la patrie.

Maçons-Chrétiens, confondons en ce jour
   Et leur courage et notre amour.   } *bis*.

Suivons un devoir glorieux
Que l'humanité nous ordonne,
Il est inspiré par les cieux,
Il est gravé sur notre trône ;   (*bis*).

Tandis qu'un doux loisir
En ces lieux répand l'allégresse,
Entendez-vous au loin gémir
Les braves guerriers de la Grèce?
A ces héros offrons en ce beau jour
Et nos tributs et notre amour.   } *bis.*

CH. QUENTIN.

L'impression de ce cantique a produit 600 fr. au profit des pauvres, la voix du F∴ Maire et le sujet sont cause de cette bonne œuvre.

●●●

LES PAS PERDUS.

AIR: *Madeleine à bon droit passa.*

CHERS Maçons! le jour le plus pur,
Grâce à vous, frappe ma paupière;
Ce n'est qu'avec vous qu'on est sûr
De trouver toujours la lumière;
Hors de ces lieux, soins superflus,
    On ne fait plus
    Que *pas perdus.*

Cherche-t-on la douce bonté,
L'amitié consolante et tendre,
La simple et franche vérité?
C'est parmi vous qu'il faut se rendre;
Loin de vous et de vos élus,
    On ne fait plus
    Que *pas perdus.*

On peut rencontrer quelquefois
Des rivaux de nos anciens sages,
Imitant leurs gestes, leurs voix,
Empruntant même leurs usages ;
Mais pour retrouver leurs vertus,
   On ne fait plus
    Que *pas perdus.*

Dans le monde, mes chers amis,
Surtout dans le siècle où nous sommes,
Si par malheur on s'est promis
De chercher, de trouver des hommes,
A tous leurs devoirs assidus...
   On ne fait plus
    Que *pas perdus.*

Pour rencontrer de bonnes gens,
Ne donnant que de bons exemples,
Accueillant tous les indigens,
Si l'on ne vient pas dans vos temples,
Parmi les humains confondus,
   On ne fait plus
    Que *pas perdus.*

Que dis-je ? puisque des Maçons
Chaque jour grossit la famille ;
De profiter de leurs leçons
Puisqu'aujourd'hui partout on grille,
Les mortels au bonheur rendus,
   Ne feront plus
    De pas perdus.

ARMAND GOUFFÉ.

●●●

LA FÉTE DES BONS AMIS.

———

AIR : *De la fête des bonnes gens.*

L'AMITIÉ nous rassemble
Dans cet auguste séjour;
  Du plaisir d'être ensemble ,
Frères, goûtons le retour.
Célébrons notre conquête ;
A mes chants soyez unis ;
Chez nous le cœur fait la fête,
La fête des bons amis.

  Que l'on verse à la ronde
Le nectar du franc-maçon,
  Source toujours féconde
D'esprit, de jeux, de raison ;
A notre gaîté discrète,
Que tout frère soit admis ;
Chez nous c'est vraiment la fête ,
La fête des bons amis.

  D'un lien sans nuage
Tout ici peint la douceur;
  Tout retrace l'image
De la vertu, du bonheur,
Et notre ame satisfaite
Voit tous ses vœux accomplis ;
Chez nous c'est toujours la fête,
La fête des bons amis.

2

Que dans ce sanctuaire,
Le ciel comblant nos désirs,
Loin de l'homme vulgaire
Prolonge tous nos plaisirs ;
Suspendant sur notre tête
Des jours purs et sans soucis ,
Long-temps nous ferons la fête ,
La fête des bons amis.

ACRIN.

LA LUMIÈRE.

AIR *Du vaudeville de la piété filiale.*

LORSQUE la main du Tout-puissant
Dans l'espace plaçant les mondes ,
Eut fait jaillir des ténèbres profondes
Ce feu divin , cet astre éblouissant ;
L'homme sur la nature entière
Obtint l'empire universel ;
Mais son bonheur n'eût point été réel
S'il n'avait point vu la *lumière.*

Jouissons de ses doux effets
A l'abri du monde profane ;
Si l'égoïsme en secret nous condamne ,
Consolons-nous en versant les bienfaits.
Le profane ouvrant la paupière ,
Est tel qu'on nous peint les faux Dieux
C'est vainement qu'on lui donna des yeux
Puisqu'il ne voit pas la *lumière.*

Plaignons ces mortels endurcis
Dont l'égoïsme a séché l'âme.
Sainte amitié, qu'un rayon de ta flamme
Vienne briller à leurs yeux obscursis !
   A cette faveur singulière
   Que tous les bons cœurs soient admis ;
C'est pour trouver de sincères amis
   Que nous recevons la *lumière*.

   Unis par les nœuds les plus doux,
   Heureux qui fut pendant sa vie
Le compagnon d'une épouse chérie,
Maçon bien pur, bon père et bon époux !
   Il voit à son heure dernière
   Couler les pleurs du sentiment ;
Le bonheur luit, même au fatal moment
   Quand on a connu la *lumière !*

ANTIGNAC.

●●●●●?●●●●⦂●●●●⦂●⦿●⦿●⦿●●●●●●●●⦂●●●●⦂●●●●⦂●●●●●⦿●●●● ⦂●●●●

INVOCATION,

Paroles du F∴ Ch. Lemaire, harmonie du F∴ Ad. Dusenne, chantée par le F∴ Maire et tous les Amateurs.

———

CHŒUR.

O JÉHOVAH ! tu voiles ta présence
   Aux regards des faibles mortels,
Mais tesbienfaits révèlent ta puissance ;
   Reçois nos dons offerts sur tes autels !

UNE VOIX.

Vers toi le cœur du sage
S'élance avec liberté,
Dans son amour il rend hommage
A ta clémence, à ta bonté.
De se courber vers la poussière
On nous impose la loi ;
Mais l'homme, en se levant de sa hauteur entière,
Est-il donc si grand devant toi ?
Tu n'as point fait son front auguste
Pour l'abaisser ; si nos yeux
N'osaient contempler les cieux,
Y trouveraient-ils un Dieu juste ?
Tu fais naître dans nos guérêts
Une manne céleste et pure ;
Sur nos côteaux la grappe mûre
Est encore un de tes bienfaits.
Tes dons partout préviennent la prière,
L'homme peut-il encore implorer ta bonté ?
Pour dot tu lui donnas la terre,
La raison et la liberté !

CHŒUR.

O Jéhovah ! etc.

UNE VOIX.

Si la ruse et la tyrannie,
De ce triple présent des cieux
Ont déshérité notre vie,
Secouons leur joug odieux.
Revendiquer cette dot légitime,
Sans crainte s'opposer au crime,

A ses desseins ambitieux,
C'est le plus pur encens qu'on puisse offrir aux Dieux:

CHŒUR.

O Jéhovah ! tu voiles ta présence
 Aux regards des faibles mortels,
Mais tes bienfaits révèlent ta puissance;
Reçois nos dons offerts sur tes autels !

LEMAIRE.

CANTIQUE MAÇONNIQUE.

DE votre voix, frères et compagnons,
Accompagnez mon hymne maçonnique,
Et du refain qu'en chœur nous redirons,
Faisons cent fois retentir ce portique:
Vive à jamais un atelier d'amis,
Où, par l'honneur, tous les cœurs sont unis. } bis.

Dans cette enciente, en sûreté je puis,
Comme un saint Paul, parler la bouche ouverte :
Aucun profane en ce lieu n'est admis,
Tout est bien clos, la Loge est bien couverte !
Vive à jamais un atelier d'amis,
Où, par l'honneur, tous les cœurs sont unis. } bis.

C'est en jurant équité, bonne foi,
Que tout maçon a dû voir la lumière ;

Et sur ce point, dans vos regards je voi
Qu'aucun de vous ne peut être un faux frère.
Tout est à l'ordre en l'atelier d'amis,   } bis.
Où, par l'honneur, tous les cœurs sont unis.

Nos premiers vœux, de droit, seront offerts
A Jéhovah que tout maçon respecte;
Son temple auguste emplit tout l'univers;
De l'univers c'est le grand Architecte!
Chantons sa gloire en l'atelier d'amis,   } bis.
Où, par l'honneur, tous les cœurs sont unis.

Chantons encor, chantons à l'unisson
Le vénérable installé dans ce temple;
C'est l'envoyé, l'élu de Salomon,
Que sous ses traits chacun de nous contemple.
Amour au chef de l'atelier d'amis,   } bis.
Où, par l'honneur, tous les cœurs sont unis.

Ici notre œil est sans cesse ébloui
Du vif éclat dont l'Orient se pare;
A l'occident, au nord comme au midi,
De l'amitié je vois briller le phare.
Tout est lumière en l'atelier d'amis,   } bis.
Où, par l'honneur, tous les cœurs sont unis.

Par triples feux, répondez à ma voix,
Vous qu'amitié de son zèle transporte,
Et qu'un vivat, redit par trois fois trois,
Fasse neuf fois brûler la poudre forte:
A la santé de l'atelier d'amis,   } bis.
Où, par l'honneur, tous les cœurs sont unis.

DE TOURNAY.

●●●

CANTIQUE.

—

Air *nouveau.*

De Titon a-t-on vu l'amante,
Aux bords de l'orient vermeil,
Semer sur les pas du soleil
Et le jasmin et l'amaranthe ?
Sous d'aussi brillantes couleurs,
Telle on voit la maçonnerie
Répandre les plus belles fleurs
Sur la carrière de la vie.
Amis, pour la chanter, secondez mes accens :
Nos travaux sont secrets, comme ils sont innocens.

L'ami de Mécène et d'Auguste,
Dictant aux Romains ses leçons,
Fit le portrait des francs-maçons
En peignant le sage et le juste.
A l'abri d'un monde agité,
Au sein d'une aimable innocence,
Leur code est la fraternité,
Leur morale la bienfaisance :
Amis, pour les chanter, secondez mes accens,
Nos travaux sont secrets, comme ils sont innocens.

Dans le silence et le mystère,
Goûtant le bonheur le plus doux,
Ils ne craignent point de jaloux ;

Ils savent jouir et se taire.
O vous ! qui connaissant le prix
Et du mystère et du silence,
- Exigez de vos favoris
Une indiscrète confidence,
Cessez, jeunes beautés, des efforts impuissans,
Nos travaux sont secrets, comme ils sont innocens.

BOUBÉE.

CANTIQUE D'ADOPTION.

AIR : *Pégaze est un cheval qui porte.*

DANS votre fête honorifique,
Qui charme nos cœurs et nos sens,
Où la lumière maçonnique
Brille à nos yeux reconnaissans ;
Pour première leçon, mes frères,
Vous nous faites très-bien sentir
Que le temple de vos mystères
Est aussi celui du plaisir.

Ne craignez plus qu'il ne s'écroule
Ce temple à jamais révéré ;
Sur ses autels que l'huile coule,
Pour en nourrir le feu sacré.
Bien plus durable que les trônes,
Du temps il brave les fureurs ;
Les vertus en sont les colonnes ;
Ces colonnes sont dans vos cœurs.

Ici l'amour n'est plus profane,
C'est un frère parmi ses sœurs;
La raison jamais ne condamne
Les plaisirs que goûtent nos cœurs.
Prenant pour guide la nature,
L'honneur est notre initié,
Et notre volupté s'épure
Au creuset de votre amitié.

FRÉDÉRIC BOURGUIGNON.

LA MAÇONNERIE UNIVERSELLE.

DE longs éclairs ont sillonné la nue,
La foudre éclate, et des cieux entr'ouverts,
Une harmonie aux mortels inconnue,
Semble de l'ange annoncer les concerts.
La lyre d'or, qui dans ses mains scintille,
D'une voix douce accompagne les sons :
Mortels, formez une grande famille,
    Devenez tous maçons!

La main du temps sur son front qu'elle ride,
Avait empreint la trace des malheurs;
Même on eût cru, sous leur paupière humide,
Voir ses beaux yeux qui roulaient quelques pleurs.
« Ah! disait-il, désormais plus tranquille,
« Puisse le monde écouter nos leçons!
« Mortels, formez une grande famille,
    « Devenez tous maçons!

2*

« Au créateur pour rendre un digne hommage,
« D'une âme libre apportez le tribut ;
« Dieu créa l'homme, et pour un noble usage,
« Lui décerna son plus bel attribut.
« La liberté , du ciel auguste fille,
« Révèle un Dieu que tous nous bénissons ;
« Mortels, formez une grande famille,
   « Devenez tous maçons!

La vieille Europe en vain soumit les ondes,
Un peuple vierge a secoué ses fers,
Mais quel lien réunit les deux mondes ?
Quel est leur Dieu? Le Dieu de l'univers
Dans vos guérets, où glane la mandille,
Seul il jaunit l'or mouvant des moissons ;
Mortels, formez une grande famille ,
   Devenez tous maçons!

   L'ange à ces mots vers la voûte éternelle,
Reprend son vol, et de loin nous sourit.
MOLAY n'est plus! mais sa cendre immortelle
Féconde un sol où l'*Acacia* fleurit.
Le feu sacré dans tous les yeux pétille,
L'autel s'élève, et l'écho des chansons
Redit : Formez une grande famille,
   Devenez tous maçons!

                      ANDRÉ.

LA LUMIÈRE.

AIR : *Vaudeville final des Précepteurs*.

De l'antique Maçonnerie
Le *Profane* rit chaque jour ;
Contre elle au *Sud* on se récrie,
Au *Nord* on plaide contre et pour.
De ce choc la cause première
Naît partout de la même erreur :
Quand on n'a pas vu la *lumière*,
Celui qui la voit nous fait peur.

Florval, léger par caractère,
Railleur et par fois indiscret,
Prétend qu'à faire bonne chère,
Consiste tout notre secret.
D'où provient son erreur grossière,
Son langage absurde et moqueur ?
C'est qu'il n'a pas vu la *lumière*,
Ou que de la voir il a peur.

Mais ici quel heureux ensemble ?
Vous tous, Maçons, vous pouvez voir,
Dans ce banquet qui nous rassemble,
Plaisir, bienfaisance et devoir.
Du nectar qui remplit ce verre
La douce et limpide chaleur,
A celui qui voit la *lumière*
Mes frères, n'a jamais fair peur.

LARSONNIER.

CANTIQUE.

AIR :

QUEL plaisir pur sur tous les fronts,
Comme un beau jour dans cès lieux brille,
Ah ! je reconnais les maçons
Assis au banquet de famille.
Une heureuse simplicité,
Ainsi qu'au temps de nos vieux pères,
Donne ici la félicité,
Et de nous fait autant de frères.

Chantons, amis, le verré en main,
L'antique nœud qui nous rassemble,
Et que toujours même destin
Unisse les maçons ensemble.
Image du bonheur des cieux,
Cette union et douce ét tendre,
Est un bien que la main des Dieux
Sur la terre a daigné répandre.

Qui peut ignorer de nos lois
Et la bienfaisance et les charmes ?
Dans le monde combien de fois
Les maçons ont séché de larmes :
Au vieillard ils tendent la main ;
Du pauvre ils calment la misère,
Et souvent au jeune orphelin,
Ils donnent tous les soins d'un père.

Voyez dans ces tristes climats,
Où vit le Sarmate sauvage, ,
Ce maçon que dans les combats
Egare un trop bouillant courage :
Sous le fer de son ennemi
Il tombe, il va perdre la vie ;
Il fait un signe... Et d'un ami
Sa main touche la main chérie.

Heureux maçons ! dans nos banquets,
Liés d'une chaîne éternelle ;
Ah ! conservons tous les bienfaits
D'une amitié pure et fidèle ;
Et puissions-nous, toujours heureux,
Quand nous leur transmettrons la vie,
Porter à nos derniers neveux
Les dons de la maçonnerie.

J. L. BRAD.

LES ÉPREUVES.

AIR : *De la Croisée.*

FRÈRES, pour suivre les leçons
En vogue dans nos sanctuaires,
Vous savez que les francs-maçons
Doivent tout souffrir pour leurs frères.
Si vous m'écoutez sans dormir,
De votre amour j'aurai la preuve
Car je vais vous faire subir
   Une bien rude épreuve.

Malgré le bruit, malgré l'éclat,
Malgré l'intérêt de leurs trames,
Quoi de plus sot, quoi de plus plat
Que tous ces pauvres mélodrames!
Lorsque nous y bâillons, hélas!
Pourquoi faut-il qu'il nous en pleuve?
On ne se lassera donc pas
    De nous mettre à l'épreuve?

A son libraire, un écrivain
Dit en apportant un poème :
« Remettez-moi l'épreuve en main,
« Je veux la corriger moi-même. »
Ah! de nos jours, pour alléger
Les chagrins dont on les abreuve...
Que d'auteurs devraient corriger...
    L'ouvrage avant l'épreuve.

Le vieux Mondor voulut un soir
Tâter de la maçonnerie;
Mais l'amour trompa son espoir,
Et lui fit une espiéglerie.
Pour l'éprouver il lui donna
Une fillette fraîche et neuve,
Et le pauvre homme succomba
    A la première épreuve.

Dans nos temples, quand nous buvons,
Moi, je voudrais, pour notre gloire,
Que l'on ne reçût francs-maçons
Que tous les gens qui savent boire.

Alors d'un vin frais et divin,
S'il fallait avaler un fleuve,
Dussé-je tomber en chemin,
    Je tenterais l'épreuve.

S'il fallait pour entrer chez nous
Que maint jeune homme fût moins leste,
Qu'un commis fût aimable et doux,
Ou bien qu'un auteur fût modeste ;
Qu'un juge fît parler les lois,
(Et qu'il nous en donnât la preuve ;)
Beaucoup de gens craindraient, je crois,
    D'être mis à l'épreuve.

Aux épreuves, sans contredit,
Moi d'avance je me résigne ;
Si vous m'éprouvez par l'esprit,
D'être avec vous je suis indigne.
Mais s'il faut porter nos bienfaits
Chez l'orphelin et chez la veuve,
Soir et matin je vous promets
    De me mettre à l'épreuve.

BRAZIER.

LE NIVEAU.

CANTIQUE DU VÉNÉRABLE.

AIR : *Mon pays avant tout.*

On peut naître dans l'indigence
Avec de noble sentimens,

On peut garder dans l'opulence
Les vertus de ses premiers ans.
Devant les lois que traça la justice,
Tous les humains sont égaux en grandeur.
On lit ces mots auprès du frontispice :
« Sous le niveau j'ai trouvé le bonheur. »

De ces lois, fidèle interprête,
Lequel des deux est le plus grand
Du géant qui courbe sa tête,
Ou du nain qu'on croit un géant?
Malgré les Grands que le faste environne
L'obscurité conserve sa splendeur.
Loin du grabat, aussi loin que du trône,
Sous le niveau j'ai trouvé le bonheur.

Toujours en voyant la misère
Mon œil attendri s'est mouillé,
Jamais la puissance sévère
Ne m'a surpris agenouillé.
Par la pitié mon âme est anoblie,
Mais la fierté me dessèche le cœur ;
L'une m'élève et l'autre m'humilie,
Sous le niveau j'ai trouvé le bonheur.

La licence dans nos tempêtes
Avec son joug ensanglanté,
Des plus grands écrasait les têtes
Sans abaisser leur majesté.
On paya cher le bonheur d'être libre,
Un tel niveau m'épouvantait d'horreur ;
Mais celui-ci (1) rétablit l'équilibre,
Sous le niveau j'ai trouvé le bonheur.

---

(1) Montrant le bijou de diamant.

Rois, bergers, faiblesses, puissances ;
Il rapproche tout sans effort,
Il rend le calme aux mers immenses,
Et gouverne aux champs de la mort.
Voilà pourquoi guidé par un tel signe
Dans l'atelier s'échauffant au labeur,
Le Maçon chante en traçant une ligne :
Sous le niveau j'ai trouvé le bonheur.

AUX NOUVEAUX INITIÉS.

Ainsi que nous, chers Néophytes,
Sous le joug venez vous ranger,
Tenez le serment que vous fîtes
Et le poids en sera léger.
Puissiez-vous dire au bout de la carrière
Sous un bon maître, ou sous un oppresseur :
« Depuis le jour où j'ai vu la lumière,
« Sous le niveau j'ai trouvé le bonheur. »

CH. QUENTIN.
Vénérable de la Philantropie.
O∴ de St.-Quentin.

HISTOIRE DE LISE.

RONDE JOYEUSE ET MORALE.

AIR : *Tralala*, etc.

LISE, à quinze ans et demi,
Avait Lucas pour ami ;

L'amour qui les dirigeait,
Quand ils dansaient, leur disait :
   Tralala, etc.

En dansant avec Lucas,
Lise, un jour, fit un faux pas.
Depuis lors on entendait
Dire à fille qui tombait :
   Tralala, etc.

Lise quitta son pays
Sans bruit, et vint à Paris ;
Elle y danse, et tombe encor...
C'est ma faute, dit Mondor :
   Tralala etc.

Lise et Mondor sont époux,
Mais, par un destin jaloux,
Lise tombe tant et tant
Qu'à sa vue on va chantant :
   Tralala, etc.

Partout cherchant le plaisir,
Lise avait le vif désir
D'être admise en ce *jardin*,
Pour y chanter son refrain,
   Tralala, etc.

Subjugué par ses appas,
Un *frère* guide ses pas.
Lise a beau se modérer,
Bas, elle aime à murmurer :
   Tralala, etc.

Lucas, Mondor, vingt danseurs
Assistaient en *visiteurs* ;
Ils content ses doux exploits,
Et chacun chante à mi-voix :
    Tralala, etc.

Lise, voyant ses secrets
En proie à tant d'indiscrets,
Se détermine à l'instant
Et répète en s'échappant :
    Tralala, etc.

Malgré ses yeux enchanteurs
Et mille attraits séducteurs,
Inspirés par la raison,
Nous l'oublions, elle et son
    Tralala, etc.

En ce *jardin* le bonheur
Ne trouble jamais le cœur ;
Gaîment nous nous amusons,
Et sans faux pas nous dansons,
    Tralala, etc.

Amour, jeunesse et beauté,
Plaisir, décence et gaîté,
Ici, raison les unit ;
Et sagesse même dit :
    Tralala, etc.

Quand la sagesse a parlé,
Nul de nous n'a reculé ;
Entendez-vous, en son nom,
Ce que dit le violon....
    Tralala, etc.

                                     BAZOT.

AUX SOEURS.

AIR : *J'avais jeté les yeux sur vous.*

POUR obtenir un grand secret,
Dans notre temple chaque frère
Fait le serment d'être discret ;
Souvent ce serment coûte à faire !
Sœurs trop aimables, dites-nous
Le secret de toujours vous plaire,
Et dans l'instant à vos genoux,
Nous allons jurer de nous taire.

Avec un bandeau sur les yeux,
Quand un profane se présente,
De revoir la clarté des cieux
Son âme est très-impatiente.
S'il est jaloux de s'éclairer,
Pour pénétrer notre mystère ;
C'est aussi pour vous admirer,
Qu'il soupire après la lumière.

Les grâces n'étaient point trois sœurs,
Comme l'a dit le bon Homère ;
On trouve aussi beaucoup d'erreurs
Dans les annales de Cythère.
Certes Vénus ici dirait
De chaque belle : Elle est ma fille.
Le bon Homère sommeillait,
Quand il a compté ma famille.

C. L. CADET-GASSICOURT.

CANTIQUE.

AIR : *Pour bien employer ses loisirs.*

AMIS, c'est ici le séjour
De la paix et de la concorde,
Chez les profanes chaque jour,
Nous voyons régner la discorde.
  Jusques dans leurs repas
  Avec eux siège, hélas !
  La mordante critique.
Oh ! c'est qu'ils ne connaissent pas
  Le *pavé mosaïque.*

Quand force, sagesse et beauté
Sont des maçons la règle unique,
Des profanes, l'impureté
Pose à faux la *pierre cubique.*
  Ce qu'ils veulent bâtir
  Ne peut se soutenir,
  En *perpendiculaire ;*
Ils ne peuvent pas se servir
  Du *niveau,* de l'*équerre.*

Ici des profanes divers
J'offre une peinture fidèle,
Mais sur leurs défauts, leurs travers,
Vite, amis, passons la *truelle.*

Puis unanimement
Souhaitons ardemment,
Que pour devenir sages,
De l'*Occident* à l'*Orient*,
Il fassent leurs *voyages*.

HECTOR CHAUSSIER.

LA VIE D'UN MAÇON.

———

AIR : *Ah ! voilà la vie*, etc.

PLUS zélé qu'habile ;
Mais bon compagnon,
Fils du vaudeville,
Je vais, en chanson,
Vous tracer la vie,
  Jolie,
  Suivie,
Vous tracer la vie
Que mène un vrai Maçon.

Fuir le ridicule,
Chercher la raison,
Unir sans scrupule
Ovide et Platon,
N'est-ce pas la vie,
  Jolie, etc.

D'un monde perfide
Méprisant le ton,
Etre ami solide
Plus qu'ami de nom,
Ah ! c'est bien la vie,
 Jolie, etc.

Pour bâtir le temple
Du grand Salomon,
Prêcher par l'exemle
Plus que par sermon,
C'est encore la vie,
 Jolie, etc.

Avec tous ses frères
Vivre à l'unisson ;
Finir leur misère ;
Etre juste et bon,
C'est toujours la vie,
 Jolie, etc.

Quand le travail cesse,
Boire sans façon,
Comme sans ivresse
Bordeaux ou Mâcon ;
C'est assez la vie,
 Jolie, etc,

Chanter, rire en sage,
Puis loin d'Hérédon,
Porter son hommage
A jeune tendron,
C'est aussi la vie,
 Jolie, etc.

Quand j'ose décrire
L'emploi d'un Maçon,
Puissiez-vous me dire:
Le portrait est bon!
Voilà bien la vie,
   Jolie, etc.

CHEVALIER de SAINT-AMAND.

●●●

LA RUCHE,

CANTIQUE ALLÉGORIQUE, COMPOSÉ PAR LE F∴ ADRIEN
ET CHANTÉ LE MÊME JOUR.

———

AIR : *Du premier baiser de l'amour.*

CHEF-D'ŒUVRE heureux de la nature,
A si juste titre admiré,
En qui tout montre, tout figure
Les travaux de l'ordre sacré :
Puissé-je des rares merveilles
Que produit un art aussi beau,
Dans l'asile dont tu sers aux abeilles,
Peindre dignement le tableau. (*bis.*)

Tels sous le voile du mystère,
Nous travaillons avec ardeur,
A faire du titre de frère,
L'instrument de notre bonheur;

Telles en secret, des merveilles,
Que produit un ordre aussi beau,
Dans la Ruche nous voyons les abeilles
Nous offrir le parfait tableau. (*bis.*)

Chez nous un sage maître guide
A l'ouvrage chaque ouvrier ;
Entr'elles de même préside
Un chef chéri de l'atelier,
Qui des ineffables merveilles
Que produit un ordre aussi beau,
Dans la Ruche où travaillent les abeilles
Offre toujours le vrai tableau. (*bis.*)

Si nous éloignons les profanes,
Elles écartent les frêlons,
Dont les indociles organes
Goûteraient trop mal leurs leçons,
Et qui de toutes les merveilles
Que produit un ordre aussi beau,
Dans la Ruche où travaillent les abeilles
Gâteraient toujours le tableau. (*bis.*)

Telle parmi nous la paresse
Reçoit le juste châtiment
Que de nos statuts la sagesse
Réserve à chaque délinquant :
Telles dévoilant les merveilles
Que produit un ordre aussi beau,
Dans la Ruche nous voyons les abeilles
Offrir le semblable tableau. (*bis.*)

3

Si dans la paix et l'abondance,
Par des plaisirs toujours nouveaux,
Nous partageons la récompense
Et le fruit de tous nos travaux,
Qui de nous des mêmes merveilles
Que produit un ordre aussi beau,
Dans la Ruche, ne voit pas les abeilles
Nous offrir encor le tableau ? (*bis.*)

Puisse cet atelier, mes frères,
Sanctuaire de la candeur,
Être toujours dans nos mystères
Pour nous la ruche du bonheur,
Où des innombrables merveilles
Que produit un ordre aussi beau,
Nous puissions tous, imitant les abeilles,
Couronner le charmant tableau! (*bis.*)

ADRIEN.

LA CHAMBRE DU MILIEU.

————

AIR : *J'aimais un amant fidèle.*

LE temps, bien que chacun s'en plaigne,
Amasse les ans sur nos fronts;
Sous notre glorieuse enseigne,
J'ai bientôt gagné deux chevrons.
Puisque la gloire du vieil âge
Eteint le maçonnique feu,
Je veux sans tarder davantage,
Chanter la *chambre du milieu.*

La vérité, dit-on aux hommes,
Offrait le plus sûr des appuis ;
Les vices du temps où nous sommes
L'ont fait cacher au fond d'un puits ;
Mais on se trompe, ou bien je meure,
Elle habite un tout autre lieu ;
Voulez-vous savoir sa demeure ?
C'est dans la *chambre du milieu.*

Les amateurs d'architecture
Vantent la loge de *Paphos,*
A les en croire, la nature
En fit un temple sans défauts.
Dôme charmant, blanches colonnes
Mettent l'enthousiasme en jeu ;
Mais, comme moi, bien des personnes.
Sont pour la *chambre du milieu.*

Le moins facile est de s'entendre
Où chacun prétend dominer ;
La chambre haute veut tout prendre,
La chambre basse rien donner.
Sous le niveau que chacun passe,
Se levant, se baissant un peu ;
Point de chambre haute ni basse,
Vive la *chambre du milieu !*

J. QUANTIN.

CANTIQUE.

—

AIR : *Allons, dépouillons nos pommiers.*

FORTUNE, tu peux m'oublier ;
  Que ne font tes largesses ?
Je préfère mon tablier
  A toutes les richesses.
    Garde tes faveurs ;
    Souvent les grandeurs
  Empoisonnent la vie.
    Amis, sous les cieux,
    Rien ne rend heureux
  Que la Maçonnerie.

Thalès découvrit les agens
  De la nature entière ;
Mais enfin ses yeux pénétrans
  N'ont point vu la lumière.
    Ce fameux savant
    Serait bien plus grand,
  S'il eût, par son génie,
    Laissant là les cieux,
    Trouvé l'art fameux
  De la Maçonnerie.

Platon afflige son lecteur
  Avec sa république ;
Pourquoi nous tracer le bonheur
  Sur un plan chimérique ?

J'aurais répété,
Si j'avais été
Dans son Académie :
Amis, sous les cieux,
Rien ne rend heureux
Que la Maçonnerie.

Archimède sur un bureau,
L'œil fixe, le teint blême,
Use follement son cerveau
Pour résoudre un problême.
Vain calculateur,
Fit-il le bonheur
De sa triste patrie ?
Rend-il l'homme heureux ?
L'est-on sous les cieux
Sans la Maçonnerie ?

César a fait régner ses lois
Sur tout cet emisphère ;
Le bruit de ses vaillans exploits
Remplit encor la terre.
Vantons ses travaux ;
Mais à ce héros
Ne portons point envie.
Amis, sous les cieux,
Rien ne rend heureux
Que la Maçonnerie.

Mahomet, de ton paradis
Tu fais en vain l'éloge ;
On y voit de belles hourris ;
Mais on n'y tient point loge.

Tu n'a pas tout fait
Pour rendre parfait
Le sort de l'autre vie ;
Il n'est point d'heureux,
Même dans les cieux
Sans la Maçonnerie.

DE CONDORCET.

COUPLET.

AIR : *J'ai vu partout dans mes voyages.*

PAR nos lois d'un antique usage,
L'avare devient bienfaisant,
L'indiscret change, devient sage,
Et ne trahit plus son serment.
Sur l'honneur tout Maçon se fonde ;
Lui seul préside à nos leçons :
Combien de gens dans ce bas monde,
Qui devraient se faire Maçons !

COUPART.

LE SECRET DES FRANCS-MAÇONS.

AIR : *V'là c'que c'est qu'd'avoir du cœur.*

MES frères, chargeons, alignons,
V'là l'secret des francs-maçons.
Je vais parler de nos mystères,
En trois tems, mes frères,

Ça, vidons nos verres ,
Et par trois fois trois répétons :
V'la l'secret des francs-maçons.

Dieu créa les hommes égaux,
Sujets aux biens, sujets aux maux ;
Le sort qui veut que je prospère,
   Accable mon frère,
   Je plains sa misère :
Ce que j'ai nous le partageons,
V'là l'secret des francs-maçons.

Tout commence et tout doit finir,
Nous ne naissons que pour mourir ;
Mais puisqu'au banquet de la vie,
   Un Dieu nous convie ;
   La table est servie,
Sans excès de tout nous goûtons :
V'là l'secret des francs-maçons.

Un Dieu nous donne des désirs,
Un Dieu nous invite aux plaisirs ;
L'architecte de la nature
   Dicta d'Épicure,
   La morale pure,
Et les lois que nous observons :
V'là l'secret des francs-maçons.

Qu'il soit soldat ou maréchal,
Matelot ou bien amiral,
Le rang, le crédit, la misère,
   Rien ne fait qu'un frère
   D'un autre diffère,
Aux vertus nous le connaissons :
V'là l'secret des francs-maçons.

Mes frères, chargeons, alignons,
V'là l'secret des francs-maçons.
En l'honneur de nos saints mystères,
  En trois tems, mes frères,
  Ça, vidons nos verres,
Et par trois fois trois répétons :
V'là l'secret des francs-maçons.

Le Chev. COUPÉ DE SAINT DONAT.

BIENFAITS DE LA MAÇONNERIE.

AIR : *Ce magistrat irréprochable.*

MORTEL de qui le cœur superbe
Fut toujours de lui seul épris,
Vois ce chêne étendu sur l'herbe,
Joncher le sol de ses débris.
Pourquoi, victime de l'orage,
Sous les vents a-t-il succombé ?
Dans la plaine, en butte à l'orage,
Il était seul... il est tombé.

Cependant et l'arbre et l'arbuste,
Le jeune et l'antique cyprès,
Et le sapin frêle ou robuste,
Restent debout dans les forêts.
En vain l'effroyable tempête
Sur eux déchaîne ses fureurs,
Et balance, en grondant, leur tête ;
Ils sont unis... ils sont vainqueurs.

Pour rompre la ligue ennemie,
Tous leurs bras sont entrelacés,
Et contre leur masse affermie
Les fiers autans se sont lassés.
Si des ans éprouvant l'outrage,
Quelqu'un d'eux languit effeuillé,
Les plus jeunes, de leur ombrage,
Couronnent son front dépouillé.

Sages maçons, tel est l'emblême
De tout cœur au vôtre lié ;
La force et le bonheur suprême
Sont dans les nœuds de l'amitié.
Malheur au mortel qui s'isole :
Chancelant, il n'a point d'appui ;
Affligé, rien ne le console ;
Personne ne pleure avec lui.

Des maux que nous portons ensemble
Le fardeau nous paraît léger ;
Quand le sentiment nous rassemble,
Nous aimons à les partager.
Pour deux amis, le sort funeste
A, je ne sais, quelles douceurs :
Pylade, placé près d'Oreste,
Trouve du charme dans ses pleurs.

Thésée est, dans l'ombre infernale,
Heureux avec Pirithoüs ;
A côté du jeune Euryale,
La mort est un bien pour Nisus.
Couples vertueux et fidèles,
Mon cœur palpite à vos doux noms ;
De l'amitié, divins modèles,
Vous étiez sans doute Maçons.   3*

Partout le Maçon trouve un frère
Toujours prêt à le soulager.
Est-il un seul coin de la terre
Où le Maçon soit étranger?
Des bords du couchant à l'aurore,
De la ligne aux plus froids climats,
Sur l'Orénoque ou le Bosphore,
Amitié! tu lui tends les bras.

Du Maçon le saint caractère
Désarme Bellone en fureur;
Agathis, aux champs de la guerre,
Va périr des mains du vainqueur:
Il tombe, et déjà sur sa tête
Le fer homicide est levé;
Quel pouvoir merveilleux l'arrête?
Un signe! Agathis est sauvé.

Mille traits de ce noble zèle,
Bienfaiteurs de l'humanité,
De votre union fraternelle
Attestent la nécessité.
Les malheurs assiègent la terre;
Pour les combattre, il faut s'unir;
Il faut, sur le double hémisphère,
Se liguer pour les en bannir.

CROUZET.

●●

MONSIEUR LE MAIRE.

antique dédié à M. Hébert, Maire de la ville de Chauny,
Vénér∴ des *Enfans de la vraie Lumière*, O∴ de Chauny,
Visiteur affilié de la Philantropie.

———

AIR : *Elle aime à rire, elle aime à boire.*

JE trace en paroles bien franches
Le portrait d'un *frère* Echevin,
Qui, cette fois, n'a plus envain
Mis sa promesse sûr des *planches.*
Que du *Maillet* le triple son
Résonne dans le *sanctuaire*,
Accueillons bien Monsieur le Maire } (*bis.*)
Sous le *cordon* d'un *Franc-Maçon.*

Chez lui, si la beauté craintive
Vient se marier, avec soin
Il lui donne, devant témoin,
L'accolade administrative.
La fille donne la rançon
Aussi volontiers qu'à sa mère,
Les baisers de Monsieur le Maire } (*bis.*)
Sont purs comme ceux d'un Maçon.

A table il reçoit tout le monde,
Du soldat jusques au curé,
Et du plus humble administré
Jusques au grand Saint-Aldegonde.

Bah! dit un lâche fanfaron,
C'est un révolutionnaire.
Taisez-vous, c'est Monsieur le Maire,
Ou plutôt c'est un Franc-Maçon.

Ainsi qu'un libéral extrême,
Il ne veut pas la liberté ;
Comme un royaliste exalté
Il n'aime pas un *roi quand-même*.
Il fit exhaler en chanson,
Le mal qu'en vain on croit... leur faire,
Et joindre aux devoirs d'un bon Maire
Les préceptes d'un Franc-Maçon.

Quand l'infortune pitoyable
Frappe à l'hôtel de la Cité ;
L'échevin prend la liberté
De l'adresser au vénérable.
Mais le pauvre gagne un frisson
Auprès du temple du mystère,
J'ai vu, dit-il, Monsieur le Maire,
Entrez, entrez, c'est un Maçon.

Quand de David, il prend la harpe,
Agenouillé comme un saint roi,
L'incrédule, de par la loi,
N'y voit qu'un tartufe en écharpe.
N'insultez point par le soupçon
Le juste faisant sa prière,
En lui vous ne voyez qu'un Maire,
Nous y voyons un Franc-Maçon.

Pourquoi l'allégresse commune,
La tolérance et ses adjoints,

Comme à Chauny sur tous les points
Ne règlent pas chaque Commune ?
Si tout n'est pas à l'unisson
Entre le compas et l'équerre,
C'est parce que Monsieur le Maire
N'est point partout un Franc-Maçon.

CH. QUENTIN,
Vénérable de la Philantropie de St. Quentin.

CANTIQUE D'ADOPTION.

AIR : *Quand les bœufs vont deux à deux.*

ON a dit de l'Angleterre,
Que tout son vocabulaire
Dans *Goddem* se renfermait ;
Mais dans la Maçonnerie,
Un mot a plus de magie ;
Ce mot qui ne l'aimerait ?
Eva, Eva, Eva, Eva, Eva, Eva, Eva,
Un vrai Maçon ne sera
Jamais sourd à ce mot-là.

Heureux le Maçon fidèle
Qui peut consacrer son zèle
A la beauté qu'il chérit !
Mais bien plus heureux encore,
Quand d'une sœur qu'il adore,
Le tendre regard lui dit :
Eva, etc.

Qu'on lui propose une fête,
Qu'un banquet pour lui s'apprête,
Un Maçon l'acceptera ;
Mais qu'au sein de la folie,
Une voix soudain lui crie :
Un frère indigent est là !
Eva, etc.

Quoique la paix lui soit chère,
Quoiqu'ennemi de la guerre,
Un Maçon est-il soldat ?
Son cœur se montre intrépide,
Et si l'honneur qui le guide
Lui dit, au jour du combat :
Eva, etc.

Ignorant notre langage,
Mondor, au déclin de l'âge,
Epouse une jeune sœur.
La pauvre petite femme,
Qui le croit maçon dans l'âme,
A beau dire avec ferveur :
Eva, Eva, Eva, Eva, Eva, Eva, Eva,
Vieux profane est et sera
Toujours sourd à ce mot-là.

Chères sœurs, cette journée,
Pour nos cœurs toute l'année,
Est un objet de désir ;
Et pour qu'il nous le ramène,
Chacun de nous dit sans peine,
Au tems trop lent à s'enfuir :
Eva, Eva, Eva, Eva, Eva, Eva, Eva,
Mais lorsque vient ce jour-là,
On dit au temps : Reste là.

A. CURMER.

LA TOLÉRANCE.

Musique du F∴ Alex. PICCINI.

DEPUIS Canton jusques à Rome,
Doctes auteurs de tous les temps,
Moralistes que l'on renomme,
Bramines, Juifs ou Musulmans;
De la divine tolérance,
Vous qui propagez les leçons,
Venez ici prendre séance,
Vous méritez d'être Maçons.

N'attendez pas que je m'explique
Sur Mahomet, soins superflus!
Ni sur la *morale pratique*
De Socrate ou Confucius.
Tous prêchaient le bien; ah! qu'importe
La voix qui dicta leurs leçons?
Le *méchant* seul reste à la porte,
Les *bons* entrent chez les Maçons.

Goûtons en paix, goûtons les charmes
De la douce fraternité;
En secret essuyons les larmes
De la souffrante humanité.
Hors du temple le vice brille;
Le mot vertu n'est qu'un vain son :
Mais le malheureux, en famille,
S'assied au banquet du Maçon.

CUVELIER DE TRYE.

●●●

AUX DÉTRACTEURS DE LA MAÇONNERIE.

———

AIR : *Le curé de Pomponne a dit.*

LE profane rit ici bas
   De la Maçonnerie ;
Rire de ce qu'on ne sait pas
   C'est preuve d'ânerie ;
En vrai Maçon, de ces Midas,
   Souffrez donc que je rie,
   Persifflons les censeurs,
     Les rieurs,
   De la Maçonnerie.

Le sourd jouit-il des douceurs
   Que produit l'harmonie ?
L'aveugle peut-il des couleurs
   Juger la plus jolie ?
Tels nous voyons nos détracteurs,
   Qui, sans goût, sans génie,
   Prennent pour des abus
     Les vertus
   De la Maçonnerie.

Le franc-maçon serre les nœuds
   D'une amitié choisie ;
Le bien qu'il fait aux malheureux,
   Aussitôt il l'oublie.
Il suit les lois, il craint les Dieux ;
   Le monde est sa patrie.

« Rien n'est plus dangereux,
  » Plus affreux
» Que la Maçonnerie. »

Souffrez, grand Abbé Barruel,
  Que j'aime la lumière;
Au lieu d'épancher votre fiel,
  Dites votre bréviaire.
Vos gros écrits sont très-bons, mais
  Valent-ils, je vous prie,
  Les secrets, les bienfaits,
    Les banquets
  De la Maçonnerie?

Si l'on en croit les familiers
  D'un tribunal d'Espagne,
Nous sommes d'habiles sorciers
  Que le diable accompagne;
Par eux nos frères sont rôtis,
  Et c'est une œuvre pie.
  Voilà dans ce pays
    Les amis
  De la Maçonnerie.

L'auto-da-fé ne me plaît pas,
  Et jamais, en voyage,
Je ne dirigerai mes pas
  Vers les rives du Tage.
La Sprée a des bords enchanteurs,
  Où notre âme agrandie
  Trouve l'arbre, les fleurs
    Et les cœurs
  De la Maçonnerie.

Du Maçon Frédéric-le-Grand,
　　Honorons la mémoire,
Roi, philosophe et conquérant,
　　Rien ne manque à sa gloire.
Célébrons aussi le lien
　　De sa chevalerie,
Chantons dans ce Prussien
　　Un soutien
De la Maçonnerie.

N'étant d'aucun cercle fameux,
　　D'aucune cotterie,
Mes vers ne sont faits que pour ceux
　　Que mon cœur apprécie.
Je veux un nom peu fastueux,
　　Que respecte l'envie :
Celui de chantre heureux
　　Et joyeux
De la Maçonnerie.

DELORME.

●●●

LE PAN-PAN MAÇONNIQUE,

SUITE DU TIN-TIN DU F∴ ARMAND-GOUFFÉ.

———

Même Air.

Lorsque le Champagne
Fait en s'échappant
　　Pan, Pan;
Ce doux bruit me gagne
L'âme et le tympan.

Le Mâcon m'invite,
Le Beaune m'agite,
Le Bordeaux m'excite,
Le Pommard me séduit;
J'aime le Tonnerre,
J'aime le Madère,
Mais, par caractère,
Moi, qui suis pour le bruit. . . .

Lorsque le Champagne, etc.

Quand, aidé du pouce,
Le liège que pousse
L'écumante mousse
Saute et chasse l'ennui;
Vite, je présente
Ma coupe brûlante,
Et gaîment je chante;
En sautant avec lui :

Lorsque le Champagne, etc.

Qu'Horace en goguette,
Courant la guingette,
Verse à sa grisette
Le Falerne si doux;
S'il eût, le cher homme,
Connu Paris comme
Il connaissait Rome,
Il eût dit avec nous :

Lorsque le Champagne, etc.

Panard , notre maître ,
Dut au doux bien-être
Que ce jus fait naître ,
Le sel de ses bons mots ;
Et l'auteur unique
Du roman comique
Dut à ce topique
L'oubli de tous ses maux.

Lorsque le Champagne , etc.

De ce véhicule,
Où roule et circule
Maint et maint globule ,
Si le feu me séduit ;
C'est que de ma tête,
Qu'aucun frein n'arrête,
L'image parfate .
Toujours s'y reproduit.

Lorsque le Champagne , etc.

Quand de la folie
La vive saillie
S'arrête , affaiblie,
Vers la fin du banquet,
Qui vient du délire
Remonter la lyre?
Du jus qui m'inspire,
C'est le divin bouquet.

Lorsque le Champagne , etc.

Pour calmer la peine,
Adoucir la gêne,

Éteindre la haine
Et dissiper l'effroi,
  Que faut-il donc faire ?
  Sabler à plein verre
  Ce vin tutélaire
Et chanter avec moi :

  Lorsque le Champagne, etc.

DÉSAUGIERS.

LA MASTICATION.

AIR : *En avant fanfan La Tulipe.*

TANT que l'on vivra,
  Lalirette,
On mastiquera,
  Lalira,
Et l'on chantera,
  L'on rira
  L'on fera
  Cette fête.
Tant que l'on vivra,
  Larirette,
On mastiquera,
  Larira.

Dans les fers l'espèce humaine
Gémit à faire pitié,
Ici, nous n'avons de chaîne
Que celle de l'amitié.

  Tant que l'on vivra, etc.

Naguère un triste présage
Ménaçait notre Orient,
Mais sous l'empire d'un sage
Il reparaît plus brillant.

 Tant que l'on vivra, etc.

Tant que la gastronomie
A ses destins s'unira
Jamais la Maçonnerie
Sur terre ne périra.

 Tant que l'on vivra, etc.

Pierres, *matériaux*, *truelle*,
Des *Maçons* chers instruments,
Ah! si je vous suis fidèle,
C'est surtout en ces moments.

 Tant que l'on vivra, etc.

Ici point de loi pénible,
Et l'on rit du châtiment,
Même le *frère terrible*
Est quelquefois bon enfant.

 Tant que l'on vivra, etc.

Lorsque nous sommes à table
Sans humeur, et sans soucis,
Le *glaive* n'est redoutable
Que pour les chapons rôtis.

 Tant que l'on vivra, etc.

Au lieu de faire la guerre,
Si tout prince était Maçon,
Avec son *drapeau*, j'espère,
Il s'essuierait le menton.

 Tant que l'on vivra, etc.

Canons rangés en bataille
Jamais ne nous font mourir,
Leur triple feu, leur mitraille
Sont les salves du plaisir.

    Tant que l'on vivra, etc.

Il n'est que la *poudre blanche*
Ici qui soit un fléau,
Noé sauvé sur sa planche
N'en mit point dans son caveau.

    Tant que l'on vivra, etc.

Enfin je prends ma *barrique*
Pour recharger les *canons*,
Je veux finir mon *cantique*
En buvant aux Francs-Maçons.

    Tant que l'on vivra, etc.

        F∴ CH. LEMAIRE.
De la Philanthropie, O∴ de St. Quentin.

COUPLETS

SUR L'INSTALLATION D'UN VÉNÉRABLE, APRÈS
LA MORT DE SON PRÉDÉCESSEUR.

Air connu.

CHANTONS en chœur, chantons, mes frères,
Les vertus de notre patron;
Dans les palais, dans les chaumières,
Partout on révère son nom.

De l'orphelin il fut le père,
De l'indigent il fut l'appui;
Trop tôt son dernier jour a lui;
Mais il envoya sur la terre
Des disciples dignes de lui.

Dans notre nouveau vénérable,
Dans notre frère hospitalier, (*)
Je crois revoir à cette table
L'ancien patron de l'atelier.
Pour ne pas croire à sa présence,
Tous deux lui ressemblent trop bien;
Leur cœur est pur comme le sien:
De la vertu, de l'indigence,
Ils sont comme lui le soutien.

A nos travaux, à nos mystères
Vous qu'on associe en ce jour;
Vous pouvez être de vos frères
Le soutien, l'espoir et l'amour.
Pour que votre nom dans ce temple
Soit toujours cher aux vrais Maçons,
Et c'est le vœu que nous formons,
D'un père qui leur sert d'exemple,
N'oubliez jamais les leçons.

P. J. CHARRIN.

---

(1) Le frère du défunt.

CANTIQUE.

AIR : *Un chanoine de l'Auxerrois.*

DE l'Olympe on sait que les Dieux
Ne sont pas fort d'accord entre eux ;
   Il faut en croire Homère.
Minerve leur dit un beau jour :
« Quittez le céleste séjour ;
   « Des Maçons je suis mère.
« Il faut vous faire initier,
« Chacun doit s'en glorifier,
     « Et bon, bon,
    « Vive le Maçon,
  « Il faut boire à sa gloire. »

Jupiter, fronçant les sourcils,
Dit : « Quoi ! de la veuve les fils
   « Possèdent trois lumières
« Qui répandent plus de clartés
« Que mes carreaux tant redoutés
   « Des nations entières ? »
Minerve répond : « Sur le seuil
« De leur temple laissez l'orgueil,
    « Et bon, bon, etc. »

4

Mars, agitant son bouclier,
Dit : « Je vois ceint du tablier
   « Des enfans de la gloire ! »
Minerve : « Bon ! l'ignorez-vous ?
« Je monte en mes jours de courroux
   « Le char de la victoire,
« Dont le Maçon n'est point épris,
« Mais il sait aimer son pays,
   « Et bon, bon, etc. »

Minerve fait affilier
Phébus qu'on vit initier
   Autrefois chez Admette.
Pour le frère Comus, je crois,
Quoiqu'il soit tant soit peu grivois,
   Qu'il faudra qu'on l'admiette ;
En lui recommandant pourtant
De ne jaser qu'à la saint Jean,
   Et bon, bon, etc.

Vénus et la fière Junon
Voudraient bien les suivre, mais non.
   Du feu qui brûla Troie,
En voyant nos aimables sœurs,
Je vois leurs jalouses fureurs
   Rendre Pâris la proie.
Nous avons, croyez moi, bien mieux
Qu'on ne trouverait chez les Dieux ;
   Et bon, bon, etc.

Maître Bacchus sur ton tonneau
Retourne au moderne caveau

Et sache, à notre éloge,
Que la décence à ses leçons
Rend dociles tous les Maçons ;
Qu'on ne s'enivre en loge,
Que des charmes que, de moitié,
Offrent l'amour et l'amitié,
Et bon, bon, etc.

J. QUANTIN.

LE DIEU DES MAÇONS.

Air : *De Golatto.*

SUR un ordre émané des cieux
Quand Isis reprend sa parure,
C'est dans les bois silencieux
Où zéphir laisse à peine entendre un doux murmure,
Aux bords du ruisseau qui des monts
Vient se jouer dans la prairie,
C'est dans ces lieux que ma voix attendrie
Célèbre le Dieu des Maçons.

Là, tout est sublime et touchant,
Tout parle à mon âme attentive,
De mille oiseaux le tendre chant,
Le murmure des flots de l'onde fugitive.
Homme ! au Dieu que nous encensons,
Rends un culte sans imposture ;
Ne cherche plus qu'au sein de la nature
Le temple du Dieu des Maçons.

Mais qui fait palpiter mon cœur
Dans ce bocage solitaire ?
Je te reconnais, doux vainqueur,
Amour, présent du ciel, délices de la terre.
De ma lyre ennoblis les sons,
Je chanterai ton doux empire,
Qui réunit ce qui meut et respire
Au Dieu qu'adorent les Maçons.

Sainte et divine humanité,
Que de plaisirs tu fais éclore !
Quelle pure félicité
M'enivre quand je sens le faible qui m'implore !
Des dogmes que nous professons,
Je sens l'origine immuable :
Aimer, servir, éclairer son semblable,
C'est la loi du Dieu des Maçons.

Loin de nous fourbes et méchans,
Qui troublez la terre éplorée :
De la douce paix que les chants
Montent de ce séjour, vers la voûte éthérée.
Épris d'un saint zèle, enlaçons
Nos cœurs d'une chaîne éternelle ;
Il doit bénir une union si belle
Le Dieu qu'adorent les Maçons.

J. QUANTIN.

●●●

LA RUCHE,

CANTIQUE ALLÉGORIQUE, COMPOSÉ PAR LE
F∴ FOURNIER.

———

QUAND des cieux l'architecte habile
Du monde mis en mouvement
Dans l'espace eût légèrement
Fait rouler la masse mobile,
Il créa mille êtres divers,
Pour en embellir la surface,
Peupla l'air, la terre et les mers,
Et de chacun fixant la place,
Fit l'homme roi de l'univers.

D'un instinct féroce ou timide
Tous suivent les constantes lois:
L'un s'y soumet au fond des bois,
Et l'autre sous la plaine humide;
L'oiseau sur la branche perché,
Charme l'écho par son ramage,
Et l'ours, dans son antre couché,
Sait qu'en un lieu triste et sauvage
Son destin veut qu'il soit caché.

Ordre étonnant de la nature,
Apparente confusion,
Dont le jeu n'est qu'illusion
Pour la plus vaste conjecture!

Concours où tout paraît hasard!
Mais du mortel qui te contemple
Pour fixer le douteux regard,
Il te suffit du simple exemple
D'un insecte et de son grand art.

C'est toi que ma faible voix chante,
Abeille, insecte industrieux,
C'est ton palais mystérieux
Dont l'art superbe nous enchante!
Mais de tes utiles travaux
L'ingénieuse achitecture,
Offre des emblêmes si beaux
Qu'à bien exprimer leur nature
En vain s'exercent mes pipeaux.

Jadis les craintives abeilles
Dans un creux d'arbre ou de rocher,
Au genre humain surent cacher
Leur industrie et ses merveilles;
Mais l'homme un jour ayant dessein
De les soumettre à son usage,
Fit une ruche, et dans son sein
De ce petit peuple sauvage
Sut apprivoiser un essaim.

Long-temps leur admirable ouvrage
Fut le prix de l'avidité;
Mais sa structure et sa beauté
Frappent enfin l'esprit d'un sage.
L'ordre établi dans les travaux
De cette aimable colonie,
Les lois d'un peuple d'animaux,
Ses mœurs, son active industrie
Sont l'objet d'examens nouveaux.

Il remarque une mère-reine
Dont l'unique fécondité
Propage la société,
Qui la révère en souveraine ;
Mille maris, jamais rivaux ;
Qui bornent leurs soins à lui plaire ;
Le resté qui fait les gâteaux,
Nourrit les enfans de la mère,
Et leur prépare des berceaux.

Dès l'instant que paraît l'aurore
Il voit ces petits vagabonds,
Parcourir les prochains vallons,
Pour piller les trésors de Flore ;
Aux étamines de la fleur
L'un semble borner son caprice,
L'autre attiré par la douceur,
Va dans le fond de son calice
Puiser l'ambroisie en liqueur.

Ayant trouvé ce qu'il désire,
Chaque diligent ouvrier
Gaiement raporte à l'atelier
Son fardeau de miel ou de cire,
Sa prévoyance va si loin
Qu'il renferme sa pacotille
Ou la distribue avec soin
A chaque enfant de la famille
Selon l'office ou le besoin.

Que la Reine aille à la campagne,
Qu'elle visite ses états,
Nombreux cortège est sur ses pas
Qui la caresse et l'accompagne ;

Tout prévient le moindre desir
De cette bonne et tendre mère;
Mais si le sort la fait périr,
Tout le troupeau se désespère,
Et de faim se laisse mourir.

De cette sage république
Il voit, plein d'admiration,
Comme à la conservation
Avec ardeur chacun s'applique;
Comme avec soin est écarté
Le frêlon, insecte indocile,
Qui troublant la société,
Veut nourrir son être inutile
D'un miel qu'il n'a pas apprêté.

Une si constante harmonie
Dans l'accord et l'arrangement
De ce petit gouvernement
Etonne, éclaire son génie.
Alors son principal objet
Est d'appliquer à l'homme même,
Au train sauvage encor sujet,
De l'abeille l'heureux système
Hardi, mais, hélas, vain projet!

Cependant sur des champs fertiles
Bientôt aux accens de sa voix,
L'homme arraché du fond des bois,
Vient bâtir et peupler des villes;
Plus loin s'élèvent des hameaux;
Le soc sillonne les campagnes;
La vigne étale ses rameaux;
Les troupeaux couvrent les montagnes:
L'homme allait oublier ses maux.

Mais une bien courte durée,
Un espace de peu d'instans,
Vit éclipser cet heureux temps
Semblable au beau siècle d'Astrée:
L'intérêt et l'ambition
Enfantèrent le despotisme;
Et de la superstition,
Du faux zèle et du fanatisme
Naquit la persécution.

De là des sujets indociles
Brisent les liens du devoir,
Et de là l'abus du pouvoir
Mène aux dissensions civiles;
De là le monde divisé
Se livre aux fureurs de la guerre,
Par le fort le faible écrasé,
De sang humain rougit la terre!!!
La discorde a tout embrasé.

Dans cette affreuse conjoncture
De tant d'horreurs environné
On croit que l'homme infortuné
Regrette l'état de nature;
Mais la débauche et les plaisirs,
Qu'il trouve au milieu des alarmes
N'en laisse plus de souvenirs;
Le vice a seul pour lui des charmes,
Et seul excite ses desirs.

Le sage, admirant de ce monde
Le cours constant, mais des mortels
Voyant les desseins criminels,
S'écrie en sa douleur profonde;

4*

Oui, l'ordre règle l'univers;
Mais chez mon espèce grossière
Si tout semble aller de travers,
C'est que la céleste lumière
S'éteint au souffle des pervers.

Alors de sa douce morale,
Certain que la corruption
Empêchait l'exécution
D'une pratique générale,
« L'abeille écarte les frêlons,
» Dit-il, eh bien, faisons comme elle : »
Ainsi donc grâce à ses leçons,
Une ruche fut le modèle
Du premier temple des Maçons.

Plan sur lequel notre édifice
Jadis fut sagement tracé,
Dès long-temps l'homme a surpassé
De ton goût le simple artifice :
Car l'abeille dans l'action
N'a que l'instinct de la nature,
Mais l'homme a la réflexion,
Et sous sa main l'architecture
Marche vers la perfection.

Sans s'exposer à sa vengeance
L'homme aurait partagé son miel,
Si l'abeille eût reçu du ciel
Le beau don de l'intelligence;
Du meurtre l'horrible attentat
N'eût pas signalé sa colère;
Et sans pitié l'enfant ingrat
N'eût jamais immolé son père
Au prétendu bien de l'état.

En chérissant sa Reine-Mère
Elle en eût respecté les sœurs,
Et n'eût jamais dans ses fureurs
Sans remords massacré ses frères ;
Jamais son appréhension,
Fruit d'une fausse prévoyance,
N'eût mis la désolation
Chez ceux dont trop de confiance
Prépara la destruction.

La nature pour sa défense
L'arma d'un trait envenimé,
De courroux l'insecte animé
En sert sa haine et sa vengeance.
Si le Maçon compatissant,
Dans le beau zèle qui l'anime,
S'arme d'un glaive manaçant
Ce n'est que pour punir le crime,
Et pour protéger l'innocent.

La confiance de ses frères,
Leur amour et non le hasard,
Au choix du maître seuls ont part
Dans nos augustes sanctuaires :
Nul par un calcul rigoureux
N'est exclu de la confrérie,
Loin d'être jamais trop nombreux,
Toujours, dans la Maçonnerie,
Plus on est, plus on est heureux.

Le monde est un jardin immense,
Et l'homme juste en est la fleur :
Là le Maçon va plein d'ardeur
Des vertus cueillir la semence ;

Pour un profit particulier
On pense à tort qu'il la renferme,
Non ! si dans son humble atelier
Il en fertilise le germe,
C'est pour le bien du monde entier.

Ainsi, l'un, mu par la sagesse,
Met ses soins à la cultiver,
L'autre se borne à conserver
Et reproduire son espèce...
Cette simple comparaison
Nous montre assez la différence
Entre l'instinct et la raison,
Et mérite la préférence
Aux sages lois du Franc-Maçon.

Une évidence aussi palpable,
Que l'ordre régit l'univers,
A l'homme incrédule et pervers
Fournit la preuve incontestable.
Chaque chose peut attester
Qu'il existe dans la nature ;
De lui l'homme a pu l'écarter,
Mais du Maçon la main plus sûre
Dans son temple a su l'arrêter.

Rendons grâce à la Providence,
Dont la grandeur modestement
Par un insecte seulement
Voulut signaler sa puissance ;
Suivons, à nos devoirs soumis

De l'abeille les beaux exemples ,
Et puissions-nous sans cesse unis ,
De l'ordre en nos augustes temples
Toujours trouver les vrais amis.

Nota. Le F∴ Fournier, auteur de la *Ruche*, étant mort sans donner la Musique, qui était également de sa composition , on n'a pu l'annoter ici ; il sera facile, ce semble , de trouver une musique applicable à cette estimable production.

COUPLETS DE REMERCIEMENT,

ADRESSÉS AU F∴ FOURNIER, POUR SON CANTIQUE (LA RUCHE) PAR LE F∴ ADRIEN.

AIR : *On compterait les diamans.*

Mon frère, quand à mon désir
Vous vous rendîtes pour la *Ruche*,
J'étais convaincu du plaisir
Que vous feriez à notre Ruche,
Et si l'ouvrage fait honneur
Au charmant auteur de la *Ruche*,
Chacun reconnaît que l'auteur
N'en fait pas un moindre à la Ruche. (*bis.*)

Pour traiter un si beau sujet ,
Comme le demandait la *Ruche* ,

Vous justifiez par l'effet
L'opinion de notre Ruche,
Car nous pensions tous que l'auteur
Devant convenir à la Ruche,
On ne pouvait pas, sans erreur,
Faire un meilleur choix dans la Ruche. (*bis.*)

Vous avez si bien su montrer
Toutes les beautés de la *Ruche*,
Qu'on ne saurait trop admirer
Ce chef-d'œuvre pour notre Ruche :
Aisément nous y voyons tous
Que l'abeille est tout pour la Ruche,
Quand elle sait ainsi que vous,
Faire autant d'honneur à la Ruche. (*bis.*)

L'esprit de vos comparaisons
Entre l'*Atelier* et la *Ruche*,
Offre les plus sages leçons
Qu'on puisse donner à la Ruche ;
Vous prouvez qu'on doit voir en nous
Autant d'abeilles dans la Ruche,
Et qu'une abeille comme vous
Fait toujours honneur à la Ruche. (*bis.*)

Le digne chef de l'atelier,
Qui, pour la splendeur de la Ruche,
Guide si bien chaque ouvrier
Dans les travaux de notre Ruche,
Saura toujours être pour nous
L'abeille-mère de la Ruche,
Pour nous aider, ainsi que vous,
A bien faire honneur à la Ruche. (*bis.*)

Nous ferons toujours nos efforts
Pour le seconder dans la Ruche,
Et mettre à profit les trésors
De notre inépuisable Ruche :
De concert nous travaillerons,
Pour que le miel de notre Ruche
Puisse prouver que nous savons
Tous bien faire honneur à la Ruche. (*bis.*)

Puissions-nous donc toujours veiller
Aux intérêts de notre Ruche,
Et sans cesse ne travailler
Que pour la gloire de la Ruche !
Puissions-nous aussi parmi nous
Ne peupler jamais notre Ruche
Que d'abeilles qui, comme vous,
Sachent faire honneur à la Ruche. (*bis.*)

FOURNIER.

L'ORIGINE DE LA MAÇONNERIE.

AIR : *J'ai vu partout dans mes voyages.*

DE nos travaux, de nos mystères,
Un roi, dit-on, fut l'inventeur.
Mais est-il bien sûr que nos pères
N'ont pas vu plus haut leur auteur ?
S'il est vrai que notre art se fonde
Sur la science des bienfaits,
Fallait-il chercher dans le monde
Ce qu'on n'y rencontre jamais ?

Plus hardi, je franchis l'espace,
J'aperçois l'immortelle main,
Qui du cahos rompant la masse
En fait jaillir le genre humain.
Or, d'après notre loi première,
Dieu créant le premier rayon,
A vu le premier la lumière...
Il est donc le premier *Maçon*...

En examinant son ouvrage
Vous en serez mieux convaincus ;
D'abord dans ce vaste assemblage,
Le bien, le mal sont confondus :
L'oiseau sert de pâture à l'aigle,
L'humble fleur au bouc abruti.
Tout premier œuvre, c'est la règle,
Est toujours œuvre d'*apprenti*.

L'homme paraît... vivante image
Du Dieu puissant qui l'a formé !
Il règne ; mais, faible avantage,
Il vaut encor mieux être aimé.
En tout lieu l'ennui l'accompagne ;
Dieu, qui voit bâiller son mignon,
Sent qu'il lui faut une compagne :
C'est un trait de bon *compagnon*.

Mais quel limon, quelle matière
Formera ces dons enchanteurs,
Qui, dans tous les temps sachent plaire
A tous les yeux, à tous les cœurs ?
Pour faire éclore ce grand être,

Chef-d'œuvre de grâce et d'esprit,
Il faut au moins un coup de *maître* ;
Ce coup part, la femme sourit.

Mais déjà l'amour tyrannise
Les deux cœurs qu'il vient d'animer ;
L'amitié, la douce franchise,
Naissent exprès pour les calmer.
Si l'amour qui charme et désole,
Est un coup de maître, en effet,
L'amitié, qui toujours console,
Fut l'œuvre du *Maître parfait.*

Vous, de nos lois, gardiens sévères,
Pardonnez à ces jeux d'esprit,
S'ils paraissent un peu contraires
Aux dogmes que l'on nous apprit.
Vos vertus sont celles du sage,
Qui, savourant un fruit vanté,
Demande peu, s'il le soulage,
Quel est le sol qui l'a porté.

DIEULAFOI.

PORTRAIT DU FRANC-MAÇON.

—

AIR :

C'EST un Maçon
Qui prend conseil de sa sagesse ;
C'est un Maçon
Qui suit constamment sa leçon.

Si quelque fois il la transgresse
De l'une ou de l'autre façon ;
Mais qu'à l'instant il se redresse,
 C'est un Maçon.

 C'est un Maçon
Qui reprend doucement son frère ;
 C'est un Maçon
Qui lui fait entendre raison.
Une morale trop sévère
N'est pas exempte de poison ;
Tel qui corrige et peut s'en taire
 C'est un Maçon.

 C'est un Maçon
Qui profite de la critique,
 C'est un Maçon
Qui sait mépriser son poinçon ;
Qu'il soit l'objet du satyrique,
Ou d'une maligne chanson,
S'il n'y fait aucune réplique,
 C'est un Maçon.

 C'est un Maçon
Qui sur son art reste en silence ;
 C'est un Maçon
Qui craint l'exemple de Samson.
S'il place bien sa confiance
Sans redouter la trahison,
On doit exalter sa prudence :
 C'est un Maçon.

‹ C'est un Maçon
Qui pour le sexe est plein de zèle ;
  C'est un Maçon
Qui peut dissiper son soupçon.
Un bon père, un époux fidèle,
Veillant au bien de sa maison ;
D'un parfait ami le modèle,
    C'est un Maçon.

Louis Dubois.

A MES SOEURS.

AIR : *Lison dormait dans un bocage.*

DE ces beaux lieux, sœurs trop charmantes,
Qui de vous obtiendra le prix ?
Au même degré séduisantes,
Vous enchantez l'œil indécis.
Esprit, gaîté, grâces, décence,
Dans quel embarras nous voilà !
Attraits par-ici, charmes par-là
 Tiennent tous nos cœurs en balance ;
Flore est ici, Vénus est là :
Ma foi, choisisse qui pourra.

• Dorat.

●●

ÉCHELLE D'ADOPTION.

AIR : *Le ciel, mes sœurs*, etc. (des Visitandines.)

LE ciel, mes sœurs, vous tienne en joie ;
De fleurs venez semer la voie
Qui mène droit au paradis.
Par votre doux aspect mes accens enhardis,
De vos âmes simples et bonnes
En ce jour vont chanter les charmes séducteurs.
Heureux, heureux, jeunes Maçonnes (*bis.*)
Qui verra le premier la lumière en vos cœurs !

AIR : *Il est des amusemens.*

Ah ! quel spectacle enchanteur
De voir ce cordon d'albâtre,
Par un assaut de blancheur
Charmer notre œil idolâtre !
De la beauté joyeux théâtre,
Qui peut égaler ta fraîcheur ? (*bis*)
  Ah de désirs,
    De plaisirs,
Quelle source délectable !
Mais, je ne sais pas pourquoi,
Je n'aime pas qu'une table (*bis*)
Soit entre ma sœur et moi.

AIR : *Aussitôt que la lumière.*

Quand jadis, comme on l'assure,
Jean dans le désert prêcha,
Ce n'est pas, je vous le jure,
Son plaisir qu'il y chercha ;
Et d'un cercle égal au nôtre,
S'il eût pu se rapprocher,
Il n'eût pas, le bon apôtre,
Passé son temps à prêcher.

AIR : *Tous les bourgeois de Chartres.*

Mais quel soupçon profane
Dans ce temple béni !
Frères, je me condamne
Et dois être puni.
Or donc, sans balancer,
Que toutes nos Maçonnes,
Sur moi promptes à s'élancer,
Tour-à-tour viennent me placer
Entre les deux colonnes.

AIR : *Adieu ; je vous fuis, bois charmant.*

Vous me pardonnez... quel bienfait !
Souffrez que pour tant d'indulgence
Je vous mette dans le secret
De notre divine science.
De mes avis puisse l'ardeur
Vous éclairer avec vîtesse,
Et votre *maître* en chaque sœur
Trouver bientôt une *maîtresse.*

AIR : *Le premier pas.*

Faire le bien est notre loi constante,
C'est le seul but de notre doux lien ;
Or chaque fois qu'à votre âme indulgente
L'occasion, chères sœurs, se présente,
    Faites le bien. (*bis.*)

AIR : *O Filii et Filiæ.*

C'est notre secret, vous l'avez ;
Mais surtout, mes sœurs, vous devez
Bien taire ce que vous savez...
    Si vous pouvez.

AIR : *Rien n'était si joli qu'Adèle.*

Mais la sonore chanterelle
    Vient à nos chansons
    Joindre ses joyeux sons ;
Jeunes maçonnes, gais maçons,
    Accourez tous,
    Trémoussez-vous ;
Au jardin d'Eden
    L'amour, l'hymen
    Tout vous appelle ;
Une fois par an,
    De par Saint-Jean,
    Donnez-vous-en.

                DÉSAUGIERS

INITIATION DE LA BEAUTÉ.

AIR : *Connu ou à faire.*

POUR découvrir la vérité,
Et la lumière qu'elle donne,
Mes frères, un jour la beauté,
Voulut être franche-maçonne.
La douceur ornait ses attraits,
Les grâces formaient son cortège...
De connaître tous nos secrets,
Les femmes ont le privilège.

A la loge d'adoption
Les Dieux sont jaloux de se rendre,
Et lors de la réception
De l'Olympe on les vit descendre.
En sa qualité de parain :
L'amour, rayonnant d'allégresse,
Guide la beauté par la main,
Et Minerve est grand maîtresse.

Pour recevoir la déité,
Tout est préparé par le zèle ;
On frappe... — Ouvrez, c'est la beauté ;
Les cœurs volent au-devant d'elle.
Avec un modeste embarras
Aux épreuves elle se prête ;
Le désir dirige ses pas...
Maçons ! elle est notre conquête.

Sur la foi d'augustes sermens,
Que nos cœurs confirment sans cesse,
Les signes, mots, attouchemens
Furent donnés par la sagesse.
Les Dieux applaudissent soudain
La belle récipiendaire.
La pudeur agite son sein :
Des vertus, elle est tributaire.

Les grâces, l'esprit, les talens,
Qui sont l'apanage des dames,
Les signalent dans tous les temps ;
Je les vois dans toutes les femmes.
C'est vous, mes sœurs, qu'à l'unisson
On reconnaît dans cette image ;
Et le bonheur du vrai Maçon
Est de vous rendre un pur hommage.

BAZOT.

SAINT-JEAN.

AIR : *L'amitié vive et pure.*

L'AMITIÉ vive et pure
Nous rassemble en ce beau jour,
Saint-Jean, je t'en conjure,
Viens m'inspirer à ton tour !
Fais éclore de ma tête
Des cantiques ou chansons ;
Tu le dois puisque ta fête
Est la fête des Maçons.

Il est de bons apôtres,
Dont on adore les lois ;
  Mais, Saint-Jean, sur nous autres
Ils n'ont pas les mêmes droits ;
Nous disons à qui contemple
Ces saints de toutes façons :
Ils n'ont pas d'autels au temple,
Au temple des Francs-Maçons.

  Si pour mieux le surprendre,
Quand Saint Jean était disert,
  La foule pour l'entendre
Le suivait jusqu'au désert ;
Et si les humains par mille
Retenaient bien ses leçons,
C'est qu'il prêchait l'Évangile,
L'Évangile des Maçons.

  En dépit de l'envie
Reçois nos justes tributs ;
  Saint-Jean, toute la vie
Nous maintiendrons tes statuts.
Bienfaisance, honneur, franchise,
Ces mots que nous chérissons,
Seront toujours la devise,
La devise des Maçons.

  Lorsque j'entends les hommes
Nous lancer un trait méchant,
  Sans savoir qui nous sommes,
Je leur réponds sur le même

Mais, profanes que vous êtes,
Pour n'avoir plus de soupçons,
Venez donc juger les fêtes,
Les fêtes des Francs-Maçons.

BRAZIER.

UN, DEUX, TROIS. (REFRAIN).

AIR du vaudeville de Madame Scarron.

UN, deux, trois; un, deux, trois, refrain agréable,
De ce nombre trois
Je suis fier de suivre les lois.
Une fois, c'est bourgeois, près de femme aimable,
Et lorsque je bois,
Je veux toujours compter par trois.

CANTIQUE.

AIR : *De la fanfare de St. Cloud.*

Amis, un usage antique
Nous rassemble dans ces lieux;
D'un délire maçonnique,
Je sens les transports joyeux.
Quand la poudre, sans salpêtre,
Remplit ici nos canons,
Que l'apprenti, que le maître
Se montrent bons compagnons.
Un, deux, trois, etc.

Quelle fête est plus jolie,
Quel coup-d'œil est plus heureux!
La sainte amitié nous lie,
Ah! resserrons ses doux nœuds!
Puisse, suivant notre exemple,
Ici bas chaque mortel
S'unir, comme dans ce temple,
Par le baiser fraternel.
Un, deux, trois, etc.

Tout le globe de la terre
N'aurait que des Francs-maçons;
Plus de haine, plus de guerre,
Si l'on suivait nos leçons.
Que mon vœu soit profitable,
Au bonheur du genre humain,
Et l'on ne verra qu'à table
Les hommes, le glaive en main.
Un, deux, trois, etc.

Qu'un profane nous critique,
Et blâme nos doux travaux,
En le narguant je mastique
Et méprise ses propos;
S'il cherche à percer nos voiles,
Je veux, l'amenant ici,
Lui faire voir des étoiles,
Quoiqu'on soit en plein midi.

DUMERSAN.

L'EXEMPLE.

AIR : *Femmes, voulez-vous éprouver.*

FAIRE chérir les Francs-Maçons,
Présenter dans tous ses ouvrages
A la jeunesse des leçons,
A la vieillesse des hommages ;
A l'innocence, à la pudeur,
A la beauté bâtir un temple ;
Parler sans cesse avec candeur,
Voilà ce qu'apprend votre exemple.

Ferme colonne de l'Etat ;
Au bien public offrir sa vie ;
Des rangs sans dédaigner l'éclat,
En jouir avec modestie,
En descendre avec fermeté,
Et dans son cœur bâtir un temple
Aux vertus, à l'égalité,
Voilà ce qu'apprend votre exemple.

Mais que Bacchus chasse Pallas,
Qu'au refrain d'une chansonnette
La joie et ses bruyans éclats
Du grand Saint-Jean chôment la fête !
L'architecte de l'univers
Du soin d'entretenir son temple
A chargé les plaisirs divers :
Maçons, imitez son exemple.

DUMOLARD.

COUPLETS AUX SS∴

———

AIR :

SEXE charmant, sexe enchanteur,
Des Maçons vous doublez le zèle ;
Chaque frère auprès d'une sœur
Chérit l'union fraternelle.
Aimer est le plus doux des biens,
Lorsque nous marchons sur vos traces,
Et pour mieux serrer nos liens
Il nous fallait la main des Grâces.

Suivre nos lois nous semble doux,
Quand nous les suivons près des belles,
Et les Maçons auprès de vous
Ne verront jamais d'infidèles.
En vous adressant un serment,
On le tient mieux, je vous le jure…
Vos charmes en sont le garant,
Et l'on ne craint plus le parjure.

Mieux que les plus doctes Maçons,
Dont la science nous éclaire,
Vous savez donner des leçons
Dans l'art d'aimer, dans l'art de plaire :
On chérit ce qu'on sait par vous,
Et nos apprentis à tout âge,
Voudraient sans cesse à vo genoux
Refaire leur apprentissage.

Les travaux de nos compagnons
Sont pénibles et difficiles ;
Par fois ils vont à reculons
Dans les travaux les plus utiles.
Mais avec quel zèle on verrait
Tous nos compagnons en campagne,
Si parmi vous chacun pouvait
Trouver en route une compagne.

On sait que le Grand Orient
Fait quelques élus sur la terre,
Et du levant jusqu'au couchant
C'est un honneur que l'on révère.
Mais vous savez encore mieux
Récompenser les vrais fidèles ;
Et les élus les plus heureux
Sont les élus que font les belles.

ÉM. DUPATY.

CANTIQUE.

AIR : *Français, le signal est donné.*

C'EST à l'ordre des Francs-maçons
Que dans sa sagesse profonde,
Le ciel adressa ses leçons,
Pour assurer la paix du monde.

Du flambeau de la vérité
Eclairons les deux hémisphères ;
De l'amour de la liberté
Embrasons le cœur de nos frères.
Toujours unis, toujours Français,
Amis, le verre en main, célébrons nos succès.

On verra dans tous les tems
    Des intrigans,
        Malveillans
        Noirs et blancs,
Mais à leur impuissante rage
Opposons-nous avec courage.
    Aux armes ! (*bis*) joyeux Maçons,
        Vite aux canons !
        Vite aux canons !
            Chantons,
        Et vidons
        Vingt flacons.

Loin des méchans et des cagots,
Dans une heureuse solitude,
De narguer les grands et les sots,
J'ai dès long-temps pris l'habitude ;
Et lorsque j'arrive au festin,
Bannissant au loin l'humeur noire,
Avec mes amis et du vin
J'aime à chanter et j'aime à boire.
Toujours unis, toujours Français,
Amis, le verre en main, célébrons nos succès.

Fuyons trop de sévérité
Dans le commerce de la vie ;

Car traiter tout avec gaîté
C'est la bonne philosophie.
Les chagrins naissent sous nos pas,
Noyons-les au fond de nos verres ;
Et de tous les maux d'ici bas
Consolons-nous avec nos frères.

Toujours unis, toujours Français,
Amis, le verre en main, célébrons nos succès.

FORESTIER.

COUPLETS DIALOGUÉS.

(1748.)

AIR de la Confession.

L'APPRENTI.

Il m'est donc permis,
Mes chers amis,
A votre exemple,
De suivre le cours
Des plaisirs qui filent vos jours.
Avec quel transport mon œil contemple
Cet auguste temple !
Le vulgaire obscur,
De nos mépris sujet trop ample,
De son souffle impur
N'en ternira jamais l'azur.

Mais en quoi consiste, je vous prie,
La Maçonnerie.

LE VÉNÉRABLE.

Payer le tribut
A l'amitié tendre et chérie ;
C'est le seul statut
De notre charmant institut.

L'APPRENTI.

Quels plaisirs quand le ciel vous rassemble
Goûtez-vous ensemble ?

LE VÉNÉRABLE.

Des plaisirs si doux,
Qu'aucun plaisir ne leur ressemble ;
Des plaisirs si doux,
Que les rois même en sont jaloux.

L'APPRENTI.

Dites-moi ce qu'il me reste à faire
Pour vous satisfaire ?

LE VÉNÉRABLE.

Sois sage et discret,
Saché moins parler que te taire ;
Préviens le regret
Qui suivrait l'aveu du secret.

L'APPRENTI.

Je savais, avant que ma personne,
Devint Franc-maçonne,
Garder le tacet ;
C'est un art que le ciel nous donne ;
Ce petit colet . . .
Répond que je serai discret.

L'Abbé FRÉRON.

5*

●●●

L'AMOUR RÉCIPIENDAIRE.

AIR : *Prenons d'abord l'air bien méchant.*

ON dit qu'Amour d'être maçon
Conçut un jour la fantaisie :
Il trouva sans peine un patron
Au sein de la Maçonnerie.
Il arrive on le fait entrer
Dans un réduit des plus funèbres ;
Il sut bientôt se rassurer,
L'amour ne hait point les ténèbres.

Apprenez-moi dit-il le nom
De ce boudoir de Proserpine ?
— Cabinet de réflexion...
— Ah ! ce mot affreux m'assassine.
Ne m'y laissez que peu d'instans,
Ce lieu me paraît trop à craindre ;
Car lorsqu'il réfléchit long-temps,
L'amour est bien près de s'éteindre.

Médite chaque inscription,
Crie une voix de basse-taille.
Il lit avec attention,
Et dit devant chaque muraille :
Je suis curieux, j'en conviens ;
Mais les rangs n'ont rien qui m'étonne ;
Et quant au courage, on sait bien
Qu'au plus poltron l'amour en donne.

On le descend dans un cavaau,
D'un aspect sombre et funéraire ;
On l'assied auprès d'un tombeau
Qu'une lueur livide éclaire.
Des ossemens frappent d'abord
Les yeux du pauvret qui s'écrie :
« Qu'a de commun avec la mort
» Celui dont émane la vie ? »

Il faut faire ton testament.
Epargnez-m'en dit-il, la peine ;
Je ne laisse, hélas! en mourant,
Que d'un songe la trace vaine.
Je lègue aux beaux yeux mon flambeau,
Mon carquois, mes flèches cruelles ;
Je lègue à l'hymen mon bandeau,
Aux amans dédaignés mes aîles.

Dans le temple il est parvenu
Avec les formes de coutume ,
Les yeux bandés et le corps nu ;
Il n'a pas changé de costume.
Mais il a l'air embarrassé ;
Son poste n'a rien qui lui plaise :
Entre deux surveillans placé,
L'amour ne pouvait être à l'aise.

Aux questions qu'on lui soumet,
Il répond avec assurance ;
Le vénérable est satisfait,
Le premier voyage commence.
Un grave expert lui sert d'appui ;
En souriant l'amour s'écrie :
Frère, tu remplis aujourd'hui
L'antique emploi de la folie.

Il faut prêter en ce moment
Une obligation sévère;
Volontiers, dit-il : d'un serment
L'amour ne s'embarrasse guère.
On reconduit à l'occident
L'aimable récipiendaire;
Quoi ! dit-il, mon bandeau descend ?
O mes amis, qu'allez-vous faire ?

Pardonnez, je change d'avis,
L'amour est sujet au caprice;
Mais cette fois, mes bons amis,
N'en accusez point ma malice.
M'ôter mon bandeau c'est un tour
Qu'on joue à la nature entière;
Las ! je ne serai plus l'amour
Dès que j'aurai vu la lumière.

Je serai toujours votre ami,
Mais souffrez, messieurs, que je sorte;
Ma sœur doit régner seule ici,
Moi je vous attends à la porte.
Si je refuse votre loi,
Ce n'est pas que je la condamne.
Vous, joyeux maçons, croyez-moi,
Aimez toujours l'amour profane.

FOURCY.

●●●

VÉANGEANCE!

CANTIQUE D'UN ÉLU A TABLE.

———

AIR : *Des fraises, des fraises.*

QUAND Vattel pour du mouton
Se fut ouvert la panse,
Les chefs ont inscrit, dit-on,
Sur leur bonnet de coton:
   Vengeance! vengeance! vengeance!

Du grand maître qui n'est plus
Quand on apprit l'absence,
Sur le *cordon* des *Élus*
Ces trois mots ont été lus:
   Vengeance! vengeance! vengeance!

De là, ces propos grossiers
Sur notre ressemblance :
« Les *Élus* sont cuisiniers;
« Les Mitrons sont chevaliers.
   Vengeance! vengeance! vengeance!

Sur la *mort* et le *poignard*
Ils fondent leur puissance;
Tremblez bœuf, porc, veau, canard,
Pour eux le meurtre est un art.
   Vengeance! vengeance! vengeance!

On voit dans nos actions
Ce point de divergeance,
S'il faut que nous combattions
C'est contre nos passions.
 Vengeance! vengeance! vengeance!

Mais puisqu'en leur *atelier*
C'est Comus qu'on encense,
Fraternisons, sans souiller
Vos mains à leur *tablier*.
 Vengeance! vengeance! vengeance!

Comparer à leur tisons
Le *feu* par excellence,
C'est déverser les poisons
Sur de bonnes *liaisons*.
 Vengeance! vengeance! vengeance!

Sur des fourneaux faisons donc
Un traité d'alliance,
Pour n'être pas le dindon
Ne tirons pas du *lardon*
 Vengeance! vengeance! vengeance!

Mais il nous faut obtenir
D'altérer leur sentence?
Conservons « *vaincre ou mourir*, »
Ils prendront « *vivre et nourrir.* »
 Vengeance! vengeance! vengeance!

Des Francs-Maçons en effet
Ils ont bien l'apparence
Quand ils disent au poulet
En l'écrasant du *maillet*:
 Vengeance! vengeance! vengeance!

Un *bras* exterminateur
Vers nous, je crois, s'avance..,
Mes amis, n'ayez pas peur.
C'est le bras du découpeur.
  Vengeance! vengeance! vengeance!

Comme un vaillant cuisinier
Je puis faire bombance
A jeûn depuis l'an dernier (1)
Mon estomac va crier,
  Vengeance! vengeance! vengeance!

Mais dans mon *urne* à grands flots
Une *source* s'élance,
Je suis fatigué des eaux
A moi Champagne et Bordeaux:
  Vengeance! vengeance! vengeance!

Poudres, patés, à mes yeux
Vous narguez l'ordonnance,
Oui la vengeance en ces lieux
C'est le vrai plaisir des dieux:
  Vengeance! vengeance! vengeance!
               CH. QUENTIN. *Élu.*
    De la Philantropie, vallée de Saint-
                    Quentin.

_____

(1) L'auteur depuis un an est malade d'une gastrite.

●●● ●●●●●

CANTIQUE DE RÉCEPTION.

———

AIR du Vaudeville du Mameluk.

TROP long-temps, Muse volage,
Sous tes riantes couleurs,
De l'amour et du bel âge
Tu caressas les erreurs.
Aujourd'hui, d'un Dieu plus sage
Ecoute et suis les leçons :
Muse, épure ton hommage,
Rends-le digne des Maçons.

Fuyez, dangereuse ivresse,
Faux plaisirs, prestiges vains ;
Allez, troupe enchanteresse,
Egarer d'autres humains.
Rien en vous ne m'intéresse ;
J'abjure un joug odieux :
Vos attraits, votre faiblesse,
N'ont jamais fait un heureux.

Du vrai la vive étincelle
Frappe mes sens attendris ;
Déjà son flambeau fidèle
Brille à mes regards surpris.
Une carrière plus belle
Est ouverte à mes désirs :
Un Dieu plus puissant m'appelle
A chercher d'autres plaisirs.

Par quel charme difficile
Ce temple s'est-il formé,
Où le juste offre un asyle
A l'innocent opprimé.
Où l'homme, à l'homme docile,
N'a pour guide que l'honneur,
Pour étude que l'utile,
Et pour but que le bonheur.

Maçon que ton caractère
Est grand et majestueux !
Indulgent envers ton frère,
Doux, sensible, généreux.
Pour toi seul toujours sévère
Dans le sentier des vertus :
Du compas et de l'équerre
Tu formas les attributs.

Tes titres, ton opulence,
N'enflent point ta vanité ;
Jamais jusqu'à la licence
Tu n'aimas la liberté.
Superbe sans insolence,
Ton seul maître est ton devoir :
Vertu, de ton influence,
Tel est l'utile pouvoir.

                    FRIGIÈRES.

●●

COUPLETS

CHANTÉS A LA LOGE DES NEUF-SOEURS LORS DE LA
RÉCEPTION DE VOLTAIRE, EN 1778.

———

AIR : *Un chanoine de l'Auxerrois*.

DANS cet agréable réduit
Loin des profanes et du bruit,
  L'amitié nous rassemble.
Sans gêne, chagrin ni souci,
Mes frères, livrons-nous ici,
  Au bonheur d'être ensemble.
Et dans notre commun transport,
Pour signe d'un parfait accord,
    Faisons tous feu,
   Faisons tous bon feu,
  Le vrai feu maçonnique.

De l'amour le flambeau fatal
Et ceux que portent pour signal
  La discorde et la guerre,
Toujours éloignés de ces lieux,
Ne font point briller à nos yeux
  Leur funeste lumière.
Amitié, douce égalité,
Concorde et sage liberté,
    Voilà le feu, etc.

Lorsque dans ses hardis desseins
Jadis Prométhée aux humains,
   Voulut donner un âme,
Pour former des êtres heureux
En vain il alla jusqu'aux cieux
   En dérober la flamme;
Son ouvrage eût été parfait
S'il eût pu pour ce beau projet
     Prendre le feu, etc.

De quels feux étaient animés
Ces sept sages si renommés
   Que possédait la Grèce ?
Par leur nombre juste et parfait
On voit assez de quel objet
   S'occupait leur sagesse;
Dans leurs banquets si révérés,
Par Platon jadis célébrés,
     Ils faisaient feu, etc.

Dans la Fable on voit qu'Apollon,
Pour se faire ici-bas Maçon,
   Fuit la troupe immortelle;
Mais bientôt le sénat divin,
Jaloux d'un semblable destin,
   Près de lui le rappelle,
Afin qu'au céleste séjour
Il apprenne aux Dieux à leur tour,
     A faire feu, etc.

Que de ce beau feu parmi nous
De Bacchus le présent si doux

Soit la parfait image.
Qu'en ces lieux il fasse à jamais
Régner la concorde et la paix,
　　Liberté toujours sage.
Et lorsqu'ici tous à la fois
Nous goûtons ce doux jus par trois,
　　Pensons au feu, etc.

Comblés d'honneurs et de renom,
VOLTAIRE ! le plus beau fleuron
　　Manquait à ta couronne.
Tu voulus te rendre Maçon,
Et relevant par ce beau nom
　　L'éclat qui l'environne,
Malgré ton âge et tes censeurs,
Goûter les plaisirs enchanteurs
　　De faire feu,
　　De faire le feu,
Le vrai feu maçonnique.

GARNIER.

LE FLEUVE DE LA VIE.

AIR : *Le Fleuve de la vie.*

ON parle de Maçonnerie
Comme un aveugle de couleurs :
Des sots elle excite l'envie,
Des bonnes femmes les clameurs.
Bon Dieu ! calmez votre furie ;
Le Maçon est, oui, croyez-m'en,
Un sage qui descend gaîement
　　Le fleuve de la vie.

Calme au milieu de la tempête,
Il espère un jour plus serein ;
Sachant bien conserver sa tête
Dans le péril et dans le vin ;
Toujours fidèle à sa patrie,
A ses amours toujours constant ;
Le Franc-Maçon descend gaîment
    Le fleuve de la vie.

Riant du sot, plaignant la dupe,
Tendant la main à l'opprimé,
Des bienfaits le maçon s'occupe,
C'est son plaisir accoutumé ;
Et qu'un ingrat le calomnie,
Pour prix d'un pareil sentiment ;
Il n'en descend pas moins gaîment
    Le fleuve de la vie.

Des monceaux d'or, de grandes places,
N'irritent point ses vains désirs ;
Avec Minerve avec les Graces,
Il partage ses doux loisirs.
Tandis que l'intrigant supplie
Aux pieds du pouvoir insolent,
Le Maçon descend noblement
    Le fleuve de la vie.

L'esprit joyeux, l'âme ravie ;
Dans nos temples, dans nos banquets,
Célébrons la Maçonnerie
Par nos *vivat*, par nos couplets ;

Serrons la chaîne qui nous lie,
Et pour refrain chantons gaîment:
C'est ainsi qu'un Maçon descend
Le fleuve de la vie.

GAUTIER – D'AGOTY.

CE QUE FONT LES MAÇONS.

AIR : *Du Vaudeville de Fanchon.*

On dispute à la ronde.
Chez les Maçons qu'on fronde
Rien ne trouble jamais
    La paix.
S'aimer sur cette terre,
Sur cette terre où nous passons,
    Voilà, voilà, j'espère,
Ce que font les Maçons.

Qu'un grave politique,
Pour la chose publique
Ne rêve que projet,
    Budget.
Sur tout cela se taire,
Se taire et pour bonnes raisons,
    Voilà, voilà, j'espère
Ce que font les Maçons.

Au passé faire grâce,
Et quand le présent passe,

Sans craindre l'avenir,
 Jouir;
Loin des censeurs austères,
Des seuls plaisirs prendre leçons,
 Voilà, voilà, mes frères,
Ce que font les Maçons.

Dans un banquet aimable,
D'un vieux vin délectable
Sabler presqu'un tonneau
 Sans eau;
Chanter au bruit des verres,
Trinquer au refrin des chansons,
 Voilà, voilà, mes frères,
Ce que font les Maçons.

Une triste victime
Que le destin opprime,
A-t-elle à nos secours
 Recours;
Offrir à sa misère
Son cœur, sa bourse et sa maison,
 Voilà, voilà j'espère,
Ce que fait un Maçon.

P. GENTIL.
Chevalier de la Légion-d'Honneur.

●●

CANTIQUE.

AIR : *Aussitôt que la lumière.*

Dans le monde, mes chers frères,
Tout commence et tout finit,
Suivons donc les lois prospères
Que le ciel nous a prescrit.
Au travail donnons relâche,
Ou craignons d'en abuser :
Quand il a rempli sa tâche,
L'homme doit se reposer.

Avant de quitter la table,
Qui nous a réunis tous,
Cimentons le pacte aimable
Qui n'existe qu'entre nous.
Renouvelons cette chaîne
Qu'avec transport nous formons,
Et qui défend à la haine
De tourmenter les Maçons.

Que chacun de nous apprête
Sa barrique, son canon,
Et qu'il couronne la fête
En buvant en Franc - Maçon.
A la santé de nos frères,

Bons humains et vrais amis,
Qui sur les deux hémisphères,
Quoiqu'épars sont réunis.

Plaisirs purs du premier âge,
Source aimable de bienfaits,
Notre accord est votre ouvrage,
Ah ! ne nous quittez jamais.
De votre ardeur salutaire
Chacun ressent les effets,
Lorsque chacun à son frère
Donne le baiser de paix.

                    GRENIER.

COUPLETS D'ADOPTION.

Air du Vaudeville de l'opéra comique.

POUR chanter nos sœurs, en ce jour,
En tremblant je reprends ma lyre.
J'osai bien célébrer l'amour,
Ses douceurs, son charmant délire :
Je sus peindre aussi quelquefois
Les plaisirs qui suivent ses traces ;
Mais puis-je chanter à la fois
    Vénus avec les Grâces. (bis.)

Prête-moi ton galant crayon,
Gentil Bernard, rival d'Ovide :
Ce serait trop peu d'Apollon,
Que le Dieu d'amour soit mon guide.
Jadis des traits étaient pour lui
Le moyen de blesser nos âmes ;
Il ne se sert plus aujourd'hui
    Que des yeux de nos Dames. (*bis.*)

On vante trop l'antiquité,
On lui donne trop d'importance ;
Mes chers amis, en vérité,
C'est une injuste préférence ;
Nous valons bien nos bons aïeux,
Le prouver est chose facile :
Trois Grâces enchantaient leurs yeux ;
    Ici j'en trouve mille. (*bis.*)

Ce soir, si le berger Pâris,
Le plus fin connaisseur de Grèce,
Dans ces lieux pouvait être admis,
Ah ! mes frères, quelle allégresse !
Personne ici n'en peut douter,
A cette Vénus qu'on renomme,
Chères sœurs, pour vous l'apporter,
    Il reprendrait la pomme. (*bis.*)

Mais je sens s'épuiser ma voix,
Ou plutôt je crains la critique ;
Arrêtons-nous : deux avec trois
Font cinq, le nombre maçonnique.

Sans cesse l'on vous chanterait,
Belles, à qui je rends les armes,
S'il fallait vous faire un couplet
    Pour chacun de vos charmes. (*bis.*)

              A. M. GLATIGNY.

LES CONDITIONS MAÇONNIQUES.

Air du Vaudeville des deux Edmond.

PROFANES qui de nos mystères
Ignorez les règles austères,
Êtes-vous méchans ou jaloux,
    Eloignez-vous ! (*bis.*)
Mais vous pour qui la bienfaisance
Est la première jouissance,
Même en secourant des ingrats,
    Ne vous éloignez pas. (*bis.*)

Caméléons dont la souplesse
Depuis trente ans avec adresse
Change de partis et de goûts,
    Eloignez-vous ! (*bis.*)
Hommes courageux, estimables,
Qu'on vit toujours inébranlables
Au sein de nos cruels débats,
    Ne vous éloignez pas. (*bis.*)

Ennemis de notre patrie,
Qui, de la discorde en furie,
Lancez les brandons parmi nous,
    Eloignez-vous! (*bis.*)
Vous, dont la raison tutélaire
Guide le Français et l'éclaire,
De Thémis marchant sur les pas,
    Ne vous éloignez pas. (*bis.*)

Folliculaires faméliques,
Sots auteurs, plus sots politiques,
Nous rions de votre courroux,
    Eloignez-vous ! (*bis.*)
Ecrivains dont la noble audace
Est l'effroi du coupable en place,
En signalant ses attentats,
    Ne vous éloignez pas. (*bis.*)

Gens à l'œil faux, à mine sombre,
Vous qui ne marchez que dans l'ombre,
Pour frapper sûrement vos coups,
    Eloignez-vous! (*bis.*)
Vous, notre plus chère espérance,
Qui pour le salut de la France
Offririez vos biens et vos bras,
    Ne vous éloignez pas. (*bis.*)

Vous, à qui le métier des armes
Ne peut jamais offrir des charmes,
Adonis délicats et mous,
    Eloignez-vous ! (*bis.*)

Vous, dont les lauriers, les services,
Et les nombreuses cicatrices
Sont les meilleurs certificats,
  Ne vous éloignez pas. (*bis.*)

V. R. Aze.

●●●

ÉLOGE DE LA MAÇONNERIE.

———

Air : *Comme faisaient nos pères.*

Que j'aime l'institution
  De la Maçonnerie !
  Elle charme la vie
Par une agréable union;
  On se rassemble,
  Et tous ensemble
  On se rassemble,
Et tous, oui tous ensemble,
On chante gaîment un refrain
Qui met les vrais Maçons en train :
  Célébrons nos mystères,
  Et vivent les bons frères !
Vivent toujours, oui, vivent les bons frères !

  Le vivat, le simple vivat
    Se multiplie en loge ;
    Loin qu'aucun y déroge,
  Ici pour doubler son éclat,

On peut le dire
Et le redire;
On peut le dire,
On peut, oui, le redire,
Il se trouve dans ce refrain
Qui met les vrais Maçons en train :
Célébrons, etc.

Eloignons sans nous gendarmer
Tout injuste profane;
Celui qui nous condamne
Est plus à plaindre qu'à blâmer.
Peut-il entendre,
Peut-il comprendre;
Peut-il entendre,
Oui, peut-il bien comprendre
Seulement ce petit refrain
Qui met les vrais Maçons en train,
Célébrons, etc.

Lorsqu'un banquet simple et frugal
Nous met en exercice,
A faire le service
Notre plaisir est sans égal.
Le vénérable
Règle la table,
Le vénérable
Au mieux règle la table;
Il chante avec nous ce refrain,
Qui met les vrais Maçons en train :
Célébrons, etc.

Quand nous portons une santé,
   Il faut, quoi qu'il en coûte,
   Faire trembler la voûte,
Ou notre *toast* est mal porté.
   Au bruit des verres
   Boivent les frères,
   Au bruit des verres
Boivent gaîment les frères,
Et tout finit par un refrain
Qui les remet encore en train :
   Célébrons, etc.

ETIENNE JOURDAN.

RÉVEIL DE L'ORDRE,

APRÈS LE RÈGNE DE LA TERREUR.

———

Air de l'hymne à l'amitié, de M. CH. DUCHESNE.

AMIS, quelle douce lumière
A dissipé l'affreuse nuit ?
Dans le silence et le mystère
Quel sentiment nous réunit ?
Disparaissez avec les ombres,
Tristes ennuis, souvenirs sombres ;
La vérité revoit le jour.
Reviens à moi, Muse lyrique,
Reviens ; du flambeau maçonnique
Je veux célébrer le retour.

Laissons la noire calomnie
Nous livrer d'impuissans combats;
Les Maçons, de la tyrannie,
N'ont jamais été les soldats.
Avant que des partis contraires
Fissent paraître imaginaires.
Les charmes de la liberté,
On venait chercher dans nos temples.
Et des leçons et des exemples
De civisme et d'humanité.

Si de l'union sociale
Le vice a troublé les accords,
Faut-il par une erreur fatale
Proscrire d'utiles ressorts?
Ah! qu'un mur d'airain nous sépare
De tout frère faux ou barbare.
Nos statuts sont nos défenseurs :
Les loges au tableau des crimes
Ont donné beaucoup de victimes,
Mais peu de sacrificateurs.

Par une étrange perfidie,
Peuple, tes prétendus amis
Accusent la philosophie
D'excès qu'elle-même a proscrits :
Repousse un dangereux sophiste;
Le sage et le philosophiste
Doivent-ils être confondus ?
De la raison auguste empire !
Celui qui voudrait le détruire
Craint et détesté les vertus.

Non, ce n'est pas d'un feu stérile
Que brûle le zélé Maçon ;
Eh ! dans cet art pour être habile,
Ne suffit-il pas d'être bon ?
La justice, la bienfaisance,
L'amour, l'amitié, l'indulgence,
Voilà nos lois, voilà nos Dieux.
Profane, vois ton injustice ;
Des Maçons tu deviens complice
Si tu sais faire des heureux.

Que d'autres dans la nuit obscure,
Livrés à des vœux indiscrets,
Veuillent surprendre à la nature
Et ses desseins et ses secrets :
Vous, étrangers à ces systèmes,
Qui voulez trouver en vous-mêmes
Le principe de tous les biens,
Aimez-vous ! que vos destinées
L'une à l'autre soient enchaînées
Par de maçonniques liens.

Oh ! plaignons l'homme qui s'isole,
Tout blesse et punit son orgueil ;
Dans ses maux rien ne le console,
Il vit dans un étroit cercueil.
Je préfère, je le confesse,
A son indigente richesse
La fortune de l'amitié,
Certain, si ma peine est cruelle,
Que la tendresse fraternelle
En prendra du moins la moitié.

6*

Loin de l'éclat et du tumulte,
Amis des arts et des talens,
Revenez fidèles au culte
Qu'ont déjà consacré les temps.
Les plaisirs ne sont plus en fuite;
La raison ramène à sa suite
Ces doux enfans de la gaîté:
Dans une enceinte respectable
A vos côtés seront à table
La Sagesse et la Volupté.

Mais si le devoir des bons frères
Est de vaincre leurs passions,
Amis, nous rendrons plus austères
Les règles de nos actions:
Que, rentrés dans notre domaine,
Un lien plus fort nous enchaîne;
Marquons le but de nos travaux,
Et pour leur ouvrir nos retraites,
Cherchons des vertus plus parfaites
Dans des prosélytes nouveaux.

LABLÉE,
Chevalier de la Légion d'Honne

LA SAGESSE,

CANTIQUE D'UN ROSE-CROIX,

Dédié au T.·. S.·. du Chapitre.

———

AIR : *Il faut rire, rire et toujours rire.*

UN frère a dit : s'il vous plaît,
Je change en festin complet
Notre *brioche* d'usage :
C'est fort sage, c'est fort sage,
  Imitons le Très-Sage.

Pour les besoins de l'esprit,
Du cœur et de l'appétit ;
Tout chevalier rend hommage
Au Très-Sage, au Très-Sage :
  Imitons le Très-Sage.

Des brioches en tous lieux
Sont faites au nom des dieux,
Leur levain donne la rage :
Il est sage, il est sage
  D'imiter le Très-Sage.

Que la paix soit avec vous,
Pécheur, hypocrite, hiboux.
Bon Pasteur, c'est ton langage
Doux et sage, doux et sage,
  Imitons le Très-Sage.

Il nous aide tous, je crois,
A supporter notre *croix*;
La *rose* est sur son passage :
Il est sage, il est sage,
  D'imiter le Très-Sage.

A TOUS MES F∴

On vit un fameux trépié,
Par des Grecs répudié :
Vous feriez ainsi, je gage :
  L'un est sage,
  L'autre est sage :
Lequel est le plus sage?

CH. QUENTIN R∴ ✤ ∴
De la Philantropie, vallée de St.-Quentin

LA CHANSON.

AIR : *Jeune fille à quinze ans désire.*

DANS votre heureuse république
L'impôt n'est jamais onéreux ;
Ce n'est qu'un don patriotique
Que d'offrir on se trouve heureux.
Du sceptre les dépositaires
Devraient, en suivant vos leçons,
Comme vous à leurs tributaires
Ne demander que des chansons.

Nous sommes en ce jour aimable
Où chacun vient pour s'acquitter,
Le réglement se fait à table.
Et l'on finance sans compter;
Car on nous demande en la planche,
De l'indigence la rançon ;
Pour nos pères amitié franche,
Et pour notre ordre une chanson.

Je ne suis point un trouble-fêtes,
Mais je prévois plus d'un revers,
Quand par-ci par-là sur nos têtes
Je vois le signe des hivers.
Pourrons-nous toujours à nos belles
Payer nos impositions ?
Comme chez nous, l'amour chez elles,
Ne vit pas long-temps de chansons.

Si j'ose en parler bien qu'indigne,
La chanson a, chez les Français,
Tenu toujours un rang insigne.
En préludant à leurs succès.
Dans ces jours où de tant de gloire
S'environnaient nos bataillons,
Qui leur assura la victoire ?
La baïonnette et les chansons.

C'est ainsi que le vieux Tyrtée
Des guerriers animait les rangs,
Alors que la Grèce insultée,
Combattait contre ses tyrans.
Puisse-t-elle enfin voir renaître
Philopœmen, Anacréon,
Et se trouver encor sans maître
Pour la guerre et pour la chanson.

J. QUANTIN

●●

LE NOMBRE TROIS.

———

AIR : *J'ai vu partout dans mes voyages.*

LE nombre trois, qu'à nos mystères,
D'âge en âge on a consacré,
Chéri sur les deux hémisphères,
Par tout Maçon est révéré ;
Un si beau sujet m'encourage,
Par lui j'ose élever ma voix.
Au nombre trois, salut ! hommage !
Tout est parfait en nombre trois.

Quand du chaos comblant l'abîme,
L'architecte de l'univers
Voulut, de son œuvre sublime,
Méditer les rapports divers :
Par le nombre qu'ici je chante,
Réglant ses immortels travaux,
Sa parole toute-puissante
Fit le ciel, la terre et les eaux.

Pour meubler la machine ronde,
Pour accomplir ses grands desseins,
Des êtres la chaîne féconde
Sortit brillante de ses mains.
Leur immense nomenclature
Sous le nombre trois vint fléchir,
Et soudain on vit la nature
En trois règnes se répartir.

Si d'une lyre harmonieuse
Les accords parlent à nos cœurs ;
Si par eux une ivresse heureuse
Dans nos yeux appellent des pleurs ;
De son art divin, Polymnie
Par trois a combiné l'effet :
Il faut trois sons dans l'harmonie,
Pour former un accord parfait.

En vain les nœuds de l'Hyménée
Voudraient s'affranchir de nos lois,
Et soustraire leur destinée
A l'empire du nombre trois.
Voulez-vous qu'un ciel sans nuage
D'hymen éclaire le séjour ?
Il faut un tiers dans ce ménage,
Et ce tiers heureux, c'est l'amour.

Parlerai-je des trois Déesses,
Et des trois fois trois doctes sœurs ?
Des trois Grâces enchanteresses
Qui servent la reine des cœurs ?
Ma faible voix ne peut suffire,
Pour bien célébrer à la fois
Tous les charmes que peut produire
Le talisman du nombre trois.

Mais quel Dieu m'éclaire et m'inspire !
D'où naît cette sainte chaleur ?
Quel nom fait résonner ma lyre
Et retentit jusqu'à mon cœur ?

Ce nom sacré me rend ma verve ;
Il m'offre encor le nombre trois :
Je vois Mars, Thémis et Minerve
Sous ce grand nom dicter nos lois.

Le Baron LAGARDE,
ancien Préfet.

●●○●○ ●●○●○ ?●○●○●○●○● ●●○●○●○●○●○● ●●○●○●○●●○●○● ●●○○○

CANTIQUE.

———

AIR : *Gentilles pastourelles.*

ENFANS de la lumière,
Accourez avec nous;
Bonheur, clarté, mystère,
C'est notre mot à tous.
Sois heureux, dit le sage,
Cultive ta raison ;
Nul fâcheux voisinage
Autour de la maison.
Enfans, etc.

Le précepte du sage
Dirige le Maçon ;
Mais le plaisir l'engage
A suivre sa leçon.
Quelle est sa grande affaire ?
Vivre gaîment sans bruit,
S'instruire, aimer son frère,
Voilà tout son esprit.
Enfans, etc.

Si le profane glose
De ce qu'il ne peut voir,
Le Maçon, bouche close,
Jouit de son savoir :
Sous le toit qu'il habite
La paix est avec lui,
Et sans peine il évite
La sottise ou l'ennui.
Enfans, etc.

LANDRY.

═══════════════════════════════

COUPLETS D'ADOPTION,

A UNE GRANDE-MAÎTRESSE QUI SERVAIT A TABLE.

———

AIR : *Du serin qui te fait envie.*

Que j'aime cette main charmante !
Qu'elle a de grâce à nous servir !
Tout ce qu'une autre nous présente
Me fait cent fois moins de plaisir :
L'eau semble venir à la bouche
Par les morceaux que vous donnez,
Et les mets que cette main touche
M'en semblent mieux assaisonnés.

Quand le bouchon d'une bouteille
Sous ces beaux doigts part sans effort,
Vous charmez le Dieu de la treille ;
L'Amour est jaloux de son sort.

Ah ! que ce sont de sûres armes
Pour mettre un amant sous vos lois,
De joindre à des yeux pleins de charmes
Des grâces jusqu'au bout des doigts.

L'abbé de LATTAIGNANT.

●●

LOGE D'ADOPTION.

——

AIR : *Faut attendre avec patience.*

DE l'amour est-ce donc la fête,
Et suis-je au temple du plaisir ?
En quelque endroit que l'œil s'arrête,
Grâces, attraits viennent s'offrir.
Dans mon âme enflammée, ardente,
De l'amour je sens tous les feux,
Cercle brillant qui nous enchante,
Ah ! n'es-tu fait que pour les yeux ?

Paix, paix, dit la sagesse austère ;
D'ici l'amour est congédié ;
Les fleurs de ce riant parterre
Sont un bouquet pour l'amitié.
Dégagé de grossières flammes,
Fuyant un plaisir corrompu,
Ce feu qui consume nos âmes
Part du flambeau de la vertu.

Hélas! quelle règle sévère!.
Quoi! chasser un dieu si charmant!
Prendre les noms de *sœur*, de *frère*,
Au lieu de maîtresse, d'amant!
Il faut pourtant y satisfaire:
Mon cœur résiste à s'y prêter;
Ah! la volupté m'est si chère
Que j'ai grand' peine à la quitter.

Pardon, pardon, sagesse aimable;
J'obéis enfin à ta voix:
Regarde à tes pieds le coupable;
A mon cœur impose tes lois.
Amitié, je te rends les armes;
Toi seule ici dois nous lier:
Mais en y voyant tant de charmes,
On est tenté de l'oublier.

LAUS DE BOISSY

LES MYSTÈRES.

AIR : *Du F∴ Parenti.*

DES antiques mystères
Les lugubres horreurs
Impriment dans les cœurs
Leurs craintes salutaires.
Typhon luttant contre Osiris
Dans la stupeur couvre Memphis:

Que sous ce voile auguste,
D'âge en âge honoré,
L'injuste soit du juste
A jamais séparé.

Sous le ciel homérique
D'illustres criminels
Embrassent les autels
Que Némésis indique.
Par Hécate ils sont expiés ,
Par Eleusine initiés.
Que sous ce voile, etc.

La sainte Palestine
Voit Jean dans les déserts
Montrer à l'univers
La clémence divine ;
Sur les erreurs du genre humain
Il épanche l'eau du Jourdain :
Que sous ce voile , etc.

Sur cette même terre
Du glaive de la foi ,
Forts , fiers , exempts d'effroi ,
Nos preux portent la guerre ;
S'ils tombent, c'est en publiant
La sagesse de l'Orient :
Que sous ce voile, etc.

L'ABBÉ LEBLOND.

CANTIQUE.

AIR : *De la fanfare de St.-Cloud.*

FRÈRES, ce jour mémorable
Vient combler tous mes desirs ;
C'est le moment favorable
Des jeux, des sages plaisirs ;
La fraternité couronne
Ceux de tous les vrais Maçons,
Car c'est sans choquer personne
Qu'ils font choquer leurs canons.

L'épigramme, la satire,
Pour eux n'ont aucun appas,
Sans pincer ils savent rire
Dans leurs aimables ébats ;
Entre eux chacun s'abandonne
Au bon esprit des Maçons,
Qui ne tirent sur personne
Tout en tirant leurs canons.

Guerriers de nouvelle espèce,
Ils combattent très-souvent,
Corps à corps et pièce à pièce ;
Ils s'attaquent chaudement.
Tous leurs trains d'artillerie
Sont des verres, des flacons,
Et pour prolonger leur vie,
Ils avalent leurs canons.

Leur chef est un vénérable,
Leur tambour est un marteau,
Leur camp une grande table,
Leur uniforme un niveau;
Leur poudre, liqueur vermeille,
Pétille sans faire éclats;
Leur triple feu fait merveille
Et pourtant ne brûle pas.

A ce sexe plein de charmes
Nous devons une santé;
Portons, présentons les armes
Tous ensemble à la beauté.
Dans le désir de lui plaire,
Frères, chargeons, alignons,
Et qu'un feu de douce guerre
Fasse éclater nos canons.

LEGRET.

LA BIENFAISANCE.

AIR : *Si Pauline est dans l'indigence.*

Mes frères, c'est la bienfaisance
Que je célèbre dans mes chants;
Que tous vos cœurs d'intelligence
Secondent mes faibles accents.
Dans cette saison la nature
Prépare ou donne avec excès,
Même à l'homme ingrat qui murmure,
Et ses trésors et ses bienfaits.

C'est pour lui que la fleur exhale
De son sein la suave odeur ;
Pour lui la violette étale
Et son velours et sa couleur ;
Pour lui s'arrondissent en dôme
Ces lilas, ces chênes pompeux :
Homme ! sois donc utile à l'homme ;
Viens au secours des malheureux.

Comme la sève nourricière,
Circulant dans les végétaux,
De leurs trésors avant-courrière,
Nous promet les fruits les plus beaux :
Ainsi l'amitié qui nous lie
Par l'attrait le plus séduisant,
Fait circuler et multiplie
Le besoin d'être bienfaisant.

LELIÈVRE-VILLETTE.

LES SANTÉS.

AIR : *Après de pénibles combats*.

A LA PATRIE.

DANS nos banquets il est, dit-on,
Des santés que prescrit l'usage ;
Je veux chanter ce pur hommage
Qu'à l'amitié rend un Maçon.
O ma patrie ! à toi ce premier verre,
A ta grandeur, à ta félicité !
Est-il de plus douce santé
Que celle qu'on porte à sa mère ?

AU GRAND ORIENT.

Je te salue, astre du jour !
Quand tu commences ta carrière,
Tu verses sur nous la lumière ;
Vers toi s'élève notre amour.
Loin de ces lieux chasse la nuit obscure,
Qui trop long-temps nous dérobe tes feux ;
Et montre souvent à nos yeux
Le bienfaiteur de la nature.

AUX VÉNÉRABLES.

Trop de respect nuit à l'amour ;
Vénérables, dois-je le croire ?
A vous lorsque je voudrais boire,
Je désire et crains tour-à-tour.
Plein de respect pour vos noms redoutables,
J'éprouve encore un sentiment plus doux :
Ne sais-je point que parmi vous
L'amitié fait les vénérables ?

AUX GUERRIERS.

A vous dont l'ardente valeur
Défendit, sauva la patrie,
A vous, qui méprisez la vie
Quand la mort conduit à l'honneur.
Non, non jamais je n'aimerai la guerre,
Mais en tout temps j'aimerai les guerriers :
Combien, à l'ombre des lauriers,
Il est doux de boire à son frère !

A LA PAIX.

De vos succès, de notre amour,
Jouissez au sein de la gloire ;
Mais, favoris de la victoire
A la paix accordez son tour.
Laissons enfin reposer le tonnerre :
Je veux aimer et ne sais point haïr ;
Je bois à la paix, au plaisir,
Au vaincu, qui devient mon frère.

AUX FEMMES.

N'oublions pas une santé
A des cœurs français toujours chère ;
Loin de nous le censeur austère
Qui ne boit point à la beauté.
Sexe charmant, d'une amitié sincère,
Reçois de nous l'hommage si flatteur.
L'amitié de l'amour est sœur :
Gardons-nous d'oublier le frère.

A TOUS LES MAÇONS.

Mes bons amis, un verre encor,
Buvons à la famille entière ;
Chez les enfans de la lumière
Les absens n'auront jamais tort.
Volez, mes vœux, sur les deux hémisphères,
A tout Maçon, salut, plaisir, honneur !
C'est doubler pour nous le bonheur
Que le désirer à nos frères.

LEPITRE.

7

●●●

LE DÉTRACTEUR CORRIGÉ.

———

AIR : *Faut l'oublier*, etc. (de la Somnambule.)

À LISE, un jour, certain profane
Osant donner quelques leçons,
Disait : Fuyez les *Francs-maçons*,
Car avec eux chacun se damne.
Perfides, faux, toujours trompeurs,
Ils cherchent partout des victimes ;
Troublant l'esprit, gâtant les cœurs...
Ils sont connus par mille crimes,   } *bis.*
Par leurs préceptes corrupteurs.

Qu'en penses-tu, ma chère Lise,
Lui disait sa mère à son tour ;
Te voilà sœur, et dès ce jour
A nos lois tu seras soumise.
Comme à toi l'on m'avait fait peur
De cette illustre confrairie.
Un seul instant détruit l'erreur :
Je fus admise, et dans ma vie   } *bis.*
C'est un nouveau jour de bonheur.

Notre censeur par trop sévère
Voulait de Lise être l'époux ;
Malgré ses soins tendres et doux,
Il ne fut époux qu'étant *frère*...

L'un de nos plus zélés prôneurs,
Maintenant il combat l'envie...
Vous voyez bien, *frères et sœurs*,
Que la *Franche-Maçonnerie*
Change en *amis* ses *détracteurs*.   } *bis.*

BAZOT.

●●●

LA SUSPENSION DES TRAVAUX.

NTIQUE DÉDIÉ A MES FF∴ DE LA PHILANTROPIE,

Le 11 Janvier 1824, dans un Banquet de Clôture.

————

AIR : *Ce boudoir est mon parnasse.*

PERMETTEZ que je m'acquite
Des honneurs qui vous sont dus,
Et qu'avant que je vous quitte,
Mes regrets soient entendus,
Chez vous, tout était, naguères,
Plaisirs donnés et rendus;
Hélas! aujourd'hui mes *frères*...
Les *travaux* sont suspendus.   (*ter.*)

Vos deux *colonnes* sont vides,
Vos *astres* sont descendus,
Vos philantropes avides
Sont altérés, éperdus,

Un traiteur vous donne à boire
La *coupe* des morfondus,
Pourquoi donc tout ce déboire?...
Les *travaux* sont suspendus.   (*ter.*)

De ce sacré labyrinthe
Tous les fils sont détordus,
Et vos *mystères*, sans crainte,
Sont imprimés et vendus.
Vos fleurs d'*acacia* sont sèches,
Vos *chiens* d'élus sont tondus,
Vos *roses* ne sont plus fraîches....
Les *travaux* sont suspendus.   (*ter.*)

Vos *barriques* sont des verres,
Vos *matériaux* sont mordus,
Vos aliments sont des *pierres*,
Vos *sables* sont confondus,
Vos *pioches* sont des fourchettes,
Vos *canons* sont répandus,
Vos *drapeaux* sont des serviettes....
Les *travaux* sont suspendus. (*ter.*)

De la Franc-Maçonnerie
Les secrets sont-ils perdus?
Dit-on par la tyrannie.
Que nous serons tous pendus?
Vos outils sont-ils de neige?
Vos glaives sont-ils fondus?
Pourquoi nous quitter? — Que sais-je?...
Les *travaux* sont suspendus. (*ter.*)

Que les vertus nous soient chères,
Les vices soient pourfendus,
Que les frères par les frères
Soient tour-à-tour défendus,
Que réguliers ou vulgaires
Vos bienfaits soient étendus,
Et vos travaux, mes bons frères,
Ne seront pas suspendus. (1)   (*ter.*)

CH. QUENTIN.

Vén.·. de la Philantropie de St.-Quentin.

L'ENFANT DE SALOMON.

AIR : *De l'enfant du cabaret.*

JE suis l'enfant de Salomon ;
Dans son temple je pris naissance ;
Mon père en me donnant son nom,
Prit soin d'élever mon enfance.
Je devais briller à sa cour,
Maçon dès mon heure première ;
Quand ma mère me mit au jour,
Je reçus deux fois la *lumière*.

Jamais d'aucun étroit lien
Mon corps n'endure le supplice ;
Hiram fut mon premier gardien,
Et sa femme fut ma nourrice.

(1) Les craintes ont fini par des chansons, et les travaux
ont repris force et vigueur.

Au milieu d'un vaste *atelier*
Mon berceau fut bâti par elle ;
Pour lange j'eus un *tablier*
Et pour hochet une *truelle*.

Entre l'*équerre* et le *compas*
Hiram dirigea mon jeune âge ;
De dangers en semant mes pas,
Il sut *éprouver* mon courage.
A *trois ans*, apprenti Maçon,
Jusqu'à *cinq* je me fis connaître ;
Alors on me fit compagnon ;
A *sept ans* j'étais passé maître.

Près des plus illustres Maçons,
Je puis me placer je l'espère,
Car j'ai profité des leçons
Du grand Hiram et de mon père.
Ce dernier me disait souvent :
« Un Maçon, pour vivre avec gloire,
» Doit se délasser en buvant,
« Et bien travailler pour mieux boire. »

P. GENTIL.

LES ATTOUCHEMENS.

AIR : *A soixante ans il ne faut pas remettre.*

HEUREUX qui sait de la Maçonnerie
Apprécier les aimables attraits ;
C'est une source, on ne l'a point tarie,
De vrais plaisirs sans honte et sans regrets
Que le Maçon ne connaîtra jamais.
En s'énivrant à ce doux Hippocrène,
L'esprit, le cœur gagnent également ;
L'un est plus fort et l'autre plus aimant.
De mes couplets, c'est là que j'ai, sans peine,
Trouvé le mot, peut-être heureusement,
  Et c'est l'attouchement,
  Oui, c'est l'attouchement.

Aux zélateurs du culte maçonnique,
Je n'offre point de mystères nouveaux ;
Ils savent tous que cette mécanique
Roule avec art sur cinq premiers pivots.
Chacun les voit, les sages et les sots :
De l'univers, le suprême génie
En doux rapport, plaçant les élémens,
Par le contact et les rapprochemens,
Maintient par tout la vie et l'harmonie ;
Il perpétue à l'homme les momens,
  Par les attouchemens,
  Par les attouchemens.

Avez-vous pu renoncer, ô mes frères!
Au plus aimable, au plus doux de vos droits;
Ah! pensez mieux : ouvrez vos sanctuaires,
Et la beauté, docile à votre voix,
De roses vient embellir ces parois.
De ce pouvoir usez, qui vous arrête?
A notre temple, il manque un ornement,
A notre cœur, il manque un sentiment;
Heureux l'expert, qui, dans ce jour de fête,
Doit à nos sœurs, ouvrant son rudiment,
 Donner l'attouchement,
 Donner l'attouchement.

J. QUANTIN.

CADET BUTEUX MAÇON.

AIR : *J'arrive à pied de Province.*

Puisq' j'ons eu la valissance
 D'être fait Maçon,
J'pouvons ben en conscience
 M'bâtir un' maison.
J'la plaçons sur l'esplanade
 D'un coteau riant,
D'manière qu' la façade
 R'garde l'Orient.

J'ons soin d'la faire ben large,
 Parc'que je pensons
Qu'ell' ne peut avoir trop d'marge
 Pour les bons Maçons :

Port's et f'nêtr's devant, derrière
  Y frapp'ront les r'gards,
A c'te fin que la lumière
  Y perce d'tout's parts.

J'n'y faisons qu'un seul étage ;
  Par c'moyen nouveau,
Gens de p'tit ou haut étage
  Y seront d'niveau.
Et j'vous la couvre de sorte
  Qu'tout s'ra si ben joint ,
Qu'par l'averse la plus forte
  Y n'y pleuv'ra point.

D'vers chez nous tous les confrères
  Qui port'ront leurs pas,
Gelât-il à fendr' les pierres ,
  N's'y r'froidiront pas ;
Car j'y frons un' cheminée
  Où c'que, morgué ! j'veux
Que l'on fasse tout' l'année
  L'plus chaud d'tous les feux.

Ma maisonnette nouvelle
  S'achèv'ra prompt'ment,
Vu que j'manions la truelle
  Assez proprement.
Et comm' souvent l'cœur me saigne
  D'n'avoir point d'argent,
J'y frons mettre pour enseigne :
  Au petit Saint-Jean.

7*

Après la dernière pierre
J'vous invitons tous,
A v'nir pendr' la crémaillère
Pour sept livr's dix sous.
Vous y tomberez d'emblée ;
Mais j'vous prévenons
Que je r'cevrons l'assemblée
A grands coups d'canons.

Sur deux colonnes, mes hôtes
Liront c't'écriteau :
On expie ici ces fautes
En buvant de l'eau.
Mais c'te peine redoutable
N'f'ra peur qu'au méchant ;
Et l'plus aimé, l'plus aimable
En s'ra l'bon marchand.

DÉSAUGIERS.

●●

LA VILLE ASSIÉGÉE.

ALLÉGORIE DES TROIS VOYAGES.

———

AIR de Léonce.

J'ENTENDS gronder à chaque instant
Le terrible airain des batailles ;
De nos formidables murailles
J'entends le sombre écroulement.

Le tambour appelle au carnage,
Les sons du toscin frappent l'air ;
Des assiégeans les cris de rage
N'exhalent que meurtre et pillage :
Trouble effrayant, chaos d'enfer,
Vous étiez mon premier voyage.

Je marche d'un pas affermi,
Je me livre au sort des batailles ;
De nos formidables murailles
Il faut repousser l'ennemi.
J'entends le combat qui s'engage,
Des armes l'affreux cliquetis ;
Des murs on ferme le passage ...
Je dis alors avec courage :
Soldats ! Baissez le pont-levis,
Je veux faire un second voyage.

Tandis que devant nos exploits
Notre ennemi recule et tombe,
Le mortier lance encor la bombe,
Et sa flamme embrâse nos toits.
Ce n'est qu'incendie et ravage,
Partout du feu, du sang, des pleurs ...
Mais l'assiégeant se décourage,
La victoire est notre partage ;
Je rentre parmi les vainqueurs :
Qu'il est beau ce dernier voyage.

DELORME.

●●●

LE FEU MAÇONNIQUE.

—

Air : *Mon père était pot*, etc.

Frères, dans ce jour sur le feu
　　Je veux monter ma lyre ;
Chanter le feu n'est pas un jeu ;
　　Quel beau sujet m'inspire !
　　　　Divin Apollon
　　　　D'un bon Franc-maçon
　　Viens échauffer l'audace ;
　　　　N'allons pas, morbleu !
　　　　Chanter sur le feu
　　Des couplets à la place.

Le soleil n'est qu'un brûlant feu,
　　Qui réchauffe la terre ;
Le feu se rencontre en tout lieu,
　　Feu d'amour, feu de guerre.
　　　　Feu dans les enfers,
　　　　Grillant les pervers
　　Pour leur conduite inique ;
　　　　Mais de tous les feux
　　　　Le plus précieux
　　Est le feu maçonnique.

Ce feu de l'aimable gaîté
　　Est la source éternelle ;
Et même de la vérité
　　En jaillit l'étincelle.

Feu mystérieux,
Sur les autres feux,
Aisément tu l'emportes ;
Ton explosion
De notre union
Rend les chaînes plus fortes.

Ce feu, par sa vive chaleur
Sait nous rendre intrépides ;
Il enflamme au champ de l'honneur
Les cœurs les plus timides.
Les bouches à feu
M'épouvantent peu,
Je me dis : que m'importe !
Ce feu n'est qu'un jeu,
Pour qui fait bon feu
Avec la poudre forte.

Puisque le feu des Francs-Maçons
Offre tant d'avantages,
Sans cesse chargeons, alignons,
Rendons-lui nos hommages.
Allons, faisons feu ;
Tenons bon, morbleu !
Point de terreur panique ;
Immortalisons
A coups de canons
Le beau feu maçonnique.

LETENNEUR.

CANTIQUE.

AIR : *Je ne suis plus de ces vainqueurs.*

QUE des profanes indiscrets,
Vrais échos de la calomnie,
Prétendent que tous nos secrets
Sont de bien jouir de la vie ;
Qu'ils déraisonnent à loisir,
Moi, je ne dis pas le contraire ;
Le Maçon cherche le plaisir,
Mais c'est le plaisir de bien faire.

Lorsque le clairon du Dieu Mars
Apelle aux champs de la victoire,
Sous nos triomphants étendards,
Les Français, enfans de la gloire,
Enivré du noble désir
D'employer dignement sa vie,
Le Maçon cherche le plaisir
De s'immoler pour la patrie.

Sent-il le besoin d'être deux
Pour obéir à la nature,
Il conduit sous son toit heureux
Une vierge modeste et pure.
La vertu lui faisant choisir
L'épouse qui lui devient chère,
Le Maçon cherche le plaisir
D'être bon époux et bon père.

Si le destin, dans sa rigueur,
Près de lui frappe son semblable,
Docile à l'élan de son cœur,
Il tend une main secourable.
En s'empressant de secourir
Celui qu'opprime un sort contraire,
Le Maçon cherche un doux plaisir,
Celui de soulager son frère.

En parlant toujours de vertu,
Tartufe, au teint blême, à l'œil louche,
Nous soutient que tout est perdu
Quand sa raison n'est pas farouche.
Son froid système fait gémir,
Et je lui redirai sans cesse :
Apprends de nous que le plaisir
Peut s'allier à la sagesse.

Par une parfaite union
De la joie avec la décence,
Voilà comme pour le Maçon
Tout est bonheur et jouissance :
Ainsi, cédant au seul désir
Qu'à son cœur la raison inspire,
Le Maçon cherche tout plaisir
Auquel la vertu peut sourire.

LIÉGEARD, aîné.

꧁꧂꧁꧂꧁꧂꧁꧂꧁꧂꧁꧂꧁꧂꧁꧂꧁꧂꧁꧂꧁꧂꧁꧂꧁꧂

ISAURE ou LA VEUVE DU MAÇON.

ROMANCE.

___

Air : *L'amour aura soin de t'instruire.*

Au sein d'une terre étrangère
Isaure a perdu son époux ;
Triste veuve, indigente mère,
Le sort l'accable de ses coups.
Ah ! sur cette rive lointaine
Qui daignera nous secourir ?
Loin des bords chéris de la Seine,
Hélas ! dit-elle, il faut mourir.

Pauvres enfans ! vivez, Madame,
Lui dit, d'un ton consolateur,
Un Franc-maçon qui dans son âme
Verse un baume réparateur ;
Vivez et reprenez courage,
Malgré les rigueurs des destins,
Sachez que les enfans d'un sage
Ne seront jamais orphelins.

Ah ! lui dit-elle, homme sensible,
A qui devons-nous ces secours ?
— Une providence invisible,
Madame, veille sur vos jours.
Marchez, sa divine assistance
Vous applanissant le chemin,
Au rivage heureux de la France
Va vous conduire par la main.

Elle part ; le zèle des sages
Qu'avaient attendris ses malheurs ,
L'accompagne en ses longs voyages ,
Attentif à sécher ses pleurs.
Partout la famille d'Isaure
Eprouve les plus tendres soins ;
Et ces bienfaiteurs qu'elle ignore
Ont prévenu tous ses besoins.

Isaure, après tant de souffrance ,
Sur nos bords imprimant ses pas ,
S'écrie : Oh ! de la providence
Ministres qu'on ne connaît pas !
C'est à vous que je dois la vie
Et la fin de tous mes tourmens ;
A vous que je dois ma patrie ,
A vous que je dois mes enfans.

CROUZET.

SOYEZ PLUTOT MAÇON.

AIR : *Ça n'dur'ra pas toujours.*

Si l'on voit dans le monde
Tant de sots , de fripons ,
Répétons à la ronde
A tous les bons garçons :
Soyez plutôt *Maçons.* (4 *fois.*)

Chansonniers qu'on tolère ,
Qui mettez, sans façons,
Quatre grands jours pour faire...
Deux mauvaises chansons ,
Soyez plutôt *Maçons*. (4 *fois*.)

Acteurs sans goût, sans veine ,
Que souvent nous tançons,
Loin d'être sur la scène
En butte à des leçons,
Soyez plutôt *Maçons*. (4 *fois*.)

Vieillards qui voulez plaire
Sous le poids des glaçons ;
Qui voulez de Cythère
Franchir tous les buissons,
Soyez plutôt *Maçons*. (4 *fois*.)

Aux amateurs qu'inspirent
Et violons et bassons,
Crions, quand ils n'en tirent
Que d'insipides sons ,
Soyez plutôt *Maçons*. (4 *fois*.)

Traiteurs qui mettez frire
Souvent de vieux poissons ;
Qui laissez introduire
De l'eau dans vos poinçons ,
Vous n'êtes pas *Maçons*. (4 *fois*.)

Si la critique austère ,
Distillant son poison,
Dit que je viens de faire
Des vers comme un *Maçon*,
Frères , je suis *Maçon*. (4 *fois*.)

BRAZIER.

PHILOSOPHIE MAÇONNIQUE.

AIR *connu ou à faire.*

VOUS qui courez les honneurs, la fortune,
Et qui des grands subissez les dédains,
Loin d'exhaler une plainte importune,
Ah! renoncez à d'imprudens desseins,
Et bien plutôt bénissez vos destins.
Le calme est-il où se forme l'orage?
Est-il aux lieux par l'intrigue habité?
Non! le bonheur, le bonheur du vrai sage
Est dans la paix et dans la liberté,
Et, parmi nous, dans la fraternité.

O liberté! toi l'âme de la vie,
Divine paix! dont le nom m'est sacré;
Fraternité! leur compagne chérie,
C'est par vous trois que je suis enivré,
Mon être entier vous sera consacré.
Le cœur, l'esprit, le zèle, la parole,
En votre honneur s'uniront sans efforts;
On se doit tout, tout à qui nous console
Et des chagrins et des rigueurs du sort,
Et qui nous offre, en loge, un heureux port.

Mais où trouver ce bonheur sans exemple?
Ont demandé de profanes humains.
Où le trouver? profanes! Dans le temple,
Qu'à *Jéhovah* ont élevé nos mains,

Où l'on redit ses préceptes divins.
Ecoutez-moi : si vous voulez connaître
Les vrais plaisirs, les plus sages leçons,
Vous rendre heureux et mériter de l'être,
Et mieux sentir tous les célestes dons,
Dès aujourd'hui devenez FRANCS - MAÇONS!

BAZOT.

FRÈRE, IL FAUT MOURIR !

AIR : *De Manon Giroux.*

A chaque objet qu'il attrape
   Qu'un penseur chagrin
Chante en pleurant de la Trape
   L'éternel refrain.
Moi plus gaîment je commence ;
   Un an va finir :
L'an qui vient lui dit d'avance,
   Frère, il faut mourir !

Sur les rosiers de Cythère
   Qu'un joli bouton
Fasse l'orgueil du parterre,
   L'espoir du canton.
L'amour est déjà, pour cause,
   Prêt à le saisir,
Et dit au bouton de rose,
   Frère, il faut mourir !

Ce petit dieu fourbe et traître,
　　Ce fripon d'amour,
Dans son frère trouve un maître
　　Et tremble à son tour.
L'hymen qui doit toujours craindre
　　De le voir courir,
Lui dit, dès qu'il peut l'atteindre,
　　Frère, il faut mourir !

Grégoire a le cœur honnête ;
　　Mais quand ce glouton
Peut dans un coin, tête-à-tête,
　　Tenir un dindon.
Ah ! dit-il, ta voix plaintive
　　Cherche à m'attendrir ;
Mais si tu veux que je vive,
　　Frère, il faut mourir !

Purgon, moderne Hippocrate,
　　Vante une liqueur
Souveraine pour la rate,
　　La tête et le cœur ;
On peut, grâce à la puissance
　　De son élixir,
Lire sur chaque ordonnance :
　　Frère, il faut mourir !

Exempt de soins et d'affaires,
　　Frais et bien portant,
Toujours avec vous, mes frères,
　　Je vivrais content.
Mais de chanter et de rire
　　Si je dois finir,
Il sera temps de me dire,
　　Frère, il faut mourir !

　　　　　　ARMAND GOUFFÉ.

•••

V'LA C'QU' C'EST QU'D'ÊTR'COMP...

———

AIR : *V'là c'que c'est qu'd'aller au bois.*

JADIS la colonne du nord,
Où le jour ne luit guère encor,
Pour moi demeurait un mystère ;
   Mais à la lumière,
   Qui le sud éclaire,
J'march' plus droit qu'au septentrion :
V'là c'que c'est qu'd'êtr' compagnon.

Du temple et d'ses trois ornemens,
J'saisis les emblêmes charmans,
J'ose, à l'aid' de la grande étoile,
   L'ver un coin du voile,
   Et d'vine c'qu'il voile ;
Puis j'dis, fier comme Rodomont :
V'là c'que c'est qu'd'êtr' compagnon.

Si j'bois à vous, frères chéris,
Qui m'nez la colonn' du midi,
C'n'est plus par trois, faut s'y résoudre,
   Que j'brûle ma poudre,
   Mais j'veux en découdre
Par cinq, si vous le trouvez bon,
V'là c'que c'est qu'd'êtr' compagnon.

Lorsque sur le déclin du jour,
Dans l'il'consacrée à l'amour,
Je mène, sans bruit, ma maçonne,
 Qu'on me le pardonne,
 Avec la friponne
J'chant' cinq fois l'hymn' de Cupidon,
V'là c'que c'est qu'd'êtr' compagnon.

D'puis qu'par mon progrès dans notre art
J'ai mis la pierr' brute à l'écart,
Épris du beau feu maçonnique,
 Sur la pierre cubique
 Chaq' jour je m'applique,
Un peu d'plus j'm'appelle G...on,
V'là c'que c'est qu'd'êtr' compagnon.

J. QUANTIN.

COUPLET D'ADOPTION.

AIR : *Du vaudeville d'Épicure.*

Nous ornons d'une fleur nouvelle
Epicure ainsi que Zénon,
Et les Grâces ont leur chapelle
Dans le temple de la raison.
Mais tout en jouant sur leurs traces,
Nous savons craindre les abus,
Et nous ne caressons les Grâces
Que sur les genoux des Vertus.

PHILIPPON DE LA MADELAINE.

L'AGE D'OR.

DÉDIÉ AUX FF∴ DE L'AGE D'OR, O∴ DE PARIS, EN LES VISITANT.

Du noble temps de la chevalerie
De tous nos droits, courageux défenseur,
Au cri d'amour, de gloire et de patrie
Bon chevalier volait au champ d'honneur.
Douces vertus compagnes de leur gloire
Chez les Maçons se retrouvent encor ;
Car chaque jour offre à notre mémoire
Tous les bienfaits que répand l'*âge d'or*.

Chez ces bons preux que nous montre l'histoire
Nous admirons valeur et loyauté ;
Nous les voyons voler à la victoire,
Et revoler aux pieds de la beauté.
Mais ces vertus compagnes de leur gloire
Chez les Maçons se retrouvent encor,
Et chaque jour grave en notre mémoire
Tous les heureux qu'on fait dans l'*âge d'or*.

Fleur de beauté, fleur de chevalerie
Nobles héros, hélas ! vous n'êtes plus !
Vous n'êtes plus, soutiens de la patrie !
Et nos regrets pour vous sont superflus.

Mais vos vertus, votre noble vaillance
Chez les Maçons se retrouvent encor;
Urbanité, franchise et bienfaisance
Brillent ici comme dans l'*âge d'or.*

LARSONNIER,
De la ▭ de la Philantropie.

●● ●●

L'AMITIÉ.

AIR : *Des Coméliens.*

DOUCE amitié, divinité chérie,
Tous les humains empruntent ton manteau;
Mais c'est au sein de la Maçonnerie
Qu'on voit briller ton céleste flambeau.

Ici jamais une bouche infidèle
En t'invoquant n'a profané ton nom;
De tes bienfaits la faveur immortelle
Fait palpiter le cœur du vrai Maçon.

Ici jamais l'orgueil de la naissance
Ne vient gêner ta sage liberté;
Le rang, les droits, le pouvoir, l'opulence,
Tout disparaît dans la fraternité.

Ici jamais la timide indigence,
N'eut à baiser la main de la pitié;
On la contraint à la reconnaissance
En l'obligeant au nom de l'amitié.

8

Douce amitié, divinité chérie,
Tous les humains empruntent ton manteau;
Mais c'est au sein de la Maçonnerie
Qu'on voit briller ton céleste flambeau.

C'est par tes soins que dans le sanctuaire
Ont pénétré trois adeptes nouveaux,
C'est encor toi qui sous les traits d'un frère (1)
De ce banquet diriges les travaux.

Si trop long-temps au temple des lumières
Sur deux autels tu vis l'encens fumer,
Console-toi : bientôt plus de barrières ;
Tous les Maçons ont juré de s'aimer.

Peut-être un jour, dans une paix profonde
Trouvant partout son chemin affermi,
L'heureux Maçon fera le tour du monde
Toujours guidé par la main d'un ami.

Douce amitié, divinité chéric,
Tous les humains empruntent ton manteau;
Mais c'est au sein de la Maçonnerie
Qu'on voit briller ton céleste flambeau.

BÉRAUD,
Membre de la Philantropie, O∴ de St.-Quentin

---

(1) Le F∴ Ch. Quentin.

LE COMPAS.

DIEUX A L'ILL∴ F∴ MANGON DE LALANDE,

Sub∴ M∴ de l'A∴ Lum∴, Inspecteur des Domaines.

———

SANS bruit, mais brillant de lumière,
Comme l'étoile du matin,
De Lalande, dans ta carrière,
Tu t'arrêtas sur Saint-Quentin,
Un seul jour ! déjà dans l'espace
Tu fuis, tu ne reviendras pas ;
Mais l'amitié marque ta place
Entre les branches d'un compas.

Le sol sacré qui nous vit naître,
Par ta science, en peu d'instants,
Sur ses donjons voit reparaître
Le saint-vernis des anciens temps,
Ta main en retraça les preuves,
Samarobrive est sous nos pas,
Je vois ses camps, ses ponts, ses fleuves
Sous les branches de ton compas.

Sous ton active présidence,
Sans protection, sans crédit,
Même en dépit d'une excellence
Tu rassemblas maint érudit ;

L'Institut loin de la sonnette
N'entendra plus qu'un vain fracas,
Le Géomètre et le Poète
Ferment leur livre et leur compas.

D'autres frères, gardiens du temple,
Sous ton maillet d'initié,
Espéraient suivre un rare exemple
Et cultiver ton amitié.
Tu les aimas, mais en silence,
Mais leur espoir, tu le trompas;
Tu nous quittes, la nuit s'avance
Entre les branches du compas.

Adieu, jeune frère et vieux sage,
Notre souvenir te poursuit,
Ne sachant qu'aimer davantage
De ton cœur ou de ton esprit.
Permets un demi-parallèle
A nos sentimens délicats,
Ou notre colonne chancelle
Entre les branches d'un compas.

Comme toi, la Philantropie
Sur son autel, sur son cordon,
Inscrit ces mots : Philosophie,
Travail et prudence et pardon.
Ainsi que toi, sous le couvercle
Elle fait le bien ici-bas;
Puisse-t-elle accomplir le cercle
Loin des branches de ton compas!

Vas inspecter d'autres domaines,
De tes deux fils suis les désirs,
Autant que tu nous fais de peines
Auprès d'eux trouver des plaisirs.
Voyageurs perdus sur la terre,
Peut-être qu'en d'autres climats
Dieu nous réunira, mon frère,
Entre l'équerre et le compas.

Ch. QUENTIN.

A MADAME EUGÉNIE L....

EN ACCEPTANT SON OFFRANDE POUR LES GRECS.

Vous répondez, Madame, à la voix de nos cœurs,
Vos mains, en secourant les courageux Hellènes,
Sont dignes de briser leurs chaînes
Et de couronner les vainqueurs.

LE MÊME.

AU F∴ FOUQUIER D'HÉROUEL,

ABSENT DES TRAVAUX.

EN ACCEPTANT SON OFFRANDE POUR LES GRECS.

Les Grecs demandaient du secours,
Nous regrettions votre présence,
Mais il s'agit de bienfaisance
Et nous vous retrouvons toujours.

LE MÊME.

ÉPITAPHE DU F.·. DÉSAUGIERS.

LE F.·. Désaugiers a déposé la lyre
Qui sous ses doigts mourants rendit de joyeux sons:
    Amis, oublions ses chansons,
  Sur une tombe il faudrait rire.

LE MÊME.

LES DEUX SAINTS.

(HENRI ET JEAN.)

AIR: Turlurette.

VOUS chanterai-je, en riant,
Ce que j'ouïs en rêvant
Etendu sur ma couchette,
    Turlurette, (<i>bis.</i>)
  L'idée est folette.

Saint-Henri dit à Saint-Jean
D'un air presque menaçant:
Prends la poudre d'escampette,
    Turlurette, (<i>bis.</i>)
  Frères, c'est ma fête.

Non, parbleu, répond Saint-Jean,
C'est la mienne, deux fois l'an.
On me fête et me refête,
  Turlurette, (*bis.*)
 Deux fois ! c'est honnête.

Vous raillez maussadement,
Reprit Henri vertement.
Ventre-saint-gris !... Je m'arrête,
  Turlurette, (*bis.*)
 J'ai mauvaise tête.

Grand Saint, dans ce différent,
Consultons plus sensément
Tous ces Maçons en goguette,
  Turlurette, (*bis.*)
 Si leur vue est nette.

Soit, dit Henri doucement.
Nos deux Saints à l'Occident
Choisissent place discrète,
  Turlurette, (*bis.*)
 Comme une cachette.

Tour-à-tour les honorant,
Dans nos vœux les confondant,
Notre ardeur était parfaite,
  Turlurette, (*bis.*)
 Pour leur double fête.

Avec nous mangeant, buvant,
Nos Saints gagnent promptement
Pointe de vin guillerette,
  Turlurette, (*bis.*)
 Vivat ! chopinette.

Nous les fêtions largement ;
Ils répondaient fort gaîment ;
L'allégresse était complète ;
   Turlurette , (*bis.*)
  Et la paix fut faite.

Mon rêve est fait... maintenant ,
Sus , un petit battement
Pour quittance de ma dette ,
   Turlurette , (*bis.*)
  Payée en bluette.

BAZOT.

●●●●●●●●●● ●●●●●●●●●●●●●●●●●● ●●●●●●●●●●●●●●●●● ●●●● ●●●●

COUPLETS MAÇONNIQUES,

ADRESSÉS AUX MEMBRES DE LA LOGE DU *LYS ÉTOILÉ*

O∴ de Paris (1) 1810.

———

AIR : *Corneille nous fait ses adieux.*

DEPUIS long-temps , ô mes amis !
J'éprouvais le désir extrême
De pouvoir trouver dans un Lys
La clef de votre aimable emblême ;
Oui ! j'ai vu que dans votre cœur
Sa tige peignait la droiture ,
Et dans l'éclat de sa blancheur
J'ai deviné votre âme pure.

———

(1) Exception , pour cette fois seulement , à notre règle, de ne point donner de cantiques spéciaux aux Atel∴

Pour atteindre au port désiré,
Aux vents abandonnant ses voiles,
Le navigateur égaré
Fixe ses yeux sur les étoiles ;
Celle qui brille dans ces lieux,
Cher objet de votre constance,
En éclairant toujours vos yeux
Fut l'étoile de l'espérance !

Jadis, au chemin de l'honneur,
Du bon Henri le blanc panache
Servait de guide à la valeur,
Et fut toujours pur et sans tache ;
Tel votre Lys éblouissant,
Sous son étoile tutélaire,
Sera le point de ralliment
Des vrais enfans de la lumière.

A. MARTAINVILLE.

RONDE.

AIR de la Contredanse des Drapeaux.

CHANTONS tous,
Bras d'sus, bras d'sous,
    Nos cantiques
    Maçonniques ;
    Chantons tous
Bras d'sus, bras d'sous,
Notre chef et ses trois coups.

8*

Poudre forte, dans nos seins
Viens de tes feux salutaires,
Unir les effets divins
A ceux de nos feux sincères.
   Allons, frères,
   Haut les verres !

Chantons tous, etc.

Vénérable, quand au ciel
Pour toi je fais ma prière,
Une bouteille est l'autel
Où je crois devoir la faire.
   Allons, frères,
   Haut les verres !

Chantons tous, etc.

Reçois nos vœux aujourd'hui,
Car nous pouvons bien, j'espère,
Donner un jour à celui
Qui nous donne la lumière.
   Allons, frères,
   Haut les verres !

Chantons tous, etc.

Notre œil à ton teint vermeil,
A ta face orbiculaire,
Doute si c'est le soleil
Ou la lune qui l'éclaire.
   Allons, frères,
   Haut les verres !

Chantons tous, etc.

Est-il exemple pour nous
Plus doux et plus salutaire !
Hélas ! que n'avons-nous tous
Son ventre et son caractère !
 Allons, frères,
 Haut les verres !
 Chantons tous, etc.

Chers amis, n'hésitons pas
A marcher sous sa bannière ;
Comment devient-il si gras ?
Est-ce à boire de l'eau claire ?
 Allons, frères,
 Haut les verres !
 Chantons tous, etc.

Il marque par des bienfaits
Tous les jours de sa carrière,
Et des Maçons qu'il a faits,
La table est le sanctuaire.
 Allons, frères,
 Haut les verres !
 Chantons tous, etc.

De ce local étranger,
L'enceinte extraordinaire
Peut à peine encor loger
Les amis qu'il sut se faire.
 Allons, frères,
 Haut les verres !
 Chantons tous, etc.

DÉSAUGIERS.

◦◦

PORTRAIT DU FRANC-MAÇON.

———

AIR : *L'hymen est un lien charmant.*

LES hommes sont des pélerins
Qui du bonheur cherchent la route ;
Pour la trouver, il leur en coûte ;
Le bonheur a bien des chemins !
Souvent l'homme, au déclin de l'âge,
Voit, hélas ! qu'il s'est égaré ;
Nous que l'art maçonnique engage,
Nous avons, quel doux avantage !
Signe, attouchement, mot sacré,
Pour nous reconnaître en voyage.

Veut-on savoir du Franc-Maçon
Quels sont les mœurs, le caractère ?
En secret il donne à son frère,
Une utile et douce leçon.
Croyant l'existence un passage,
Son âme s'ouvre à la pitié ;
Il console ceux qu'il soulage,
Il est sensible, bon et sage :
Bienfaisance, estime, amitié,
Voilà ses guides en voyage.

Quoique toujours la gravité
Préside en loge à ses mystères,
Dans un banquet, avec ses frères,
Il s'abandonne à la gaîté.

Sans faire un pompeux étalage
De sentences, de beaux discours,
Il met sa morale en usage,
Et dans ce court pélerinage,
Il laisse à Bacchus, aux amours
Le soin d'égayer le voyage.

Fidèle aux lois de son pays,
Le monde entier est sa patrie ;
Et grâce au doux nœud qui nous lie,
Partout il trouve des amis.
A l'Éternel il rend hommage ;
Etre inhumain c'est l'offenser :
Jeté par lui sur cette plage,
L'homme sensible est son image :
Ah ! trop heureux qui peut laisser
Quelques traces de son voyage !

Parfois, dans le sacré vallon,
Le feu maçonnique l'inspire ;
Il sait que le dieu de la lyre
Eut le bonheur d'être Maçon.
Non, ce n'est point un badinage,
Nous sommes frères d'Apollon :
En frères, ce dieu vous engage
A supporter ce faible ouvrage ;
Qu'un *vivat !* soit de ma chanson
L'heureux compagnon de voyage.

J. A. JACQUELIN.

C'EST UN MAÇON.

AIR : *C'est un enfant.*

VOULEZ-VOUS savoir la manière
De distinguer facilement
Ce que nous appelons un frère
Ou Franc-Maçon communément ?
    Il faut bien connaître
    Celui qui dit l'être,
Car souvent ce n'est que de nom
    Qu'on est Maçon.

L'homme qui se croit vraiment digne
De porter ce nom révéré,
Se reconnaîtra par un signe
Qui chez nous fut toujours sacré ;
    S'il tend à son frère
    Sa main et son verre,
Et que le vin soit franc et bon,
    C'est un Maçon.

Pour arriver à notre école
Un seul signe ne suffit pas ;
Nous exigeons une parole,
Sans laquelle il perdrait ses pas.
    Mais de l'indigence
    Calmant la souffrance
S'il garde un mystère profond,
    C'est un Maçon.

Par l'attouchement que réclame
Notre aimable institution,
Il s'étend jusque sur la femme
Dans nos loges d'adoption ;
    Quand ferme à son poste,
    Notre homme riposte
Par cinq coups frappés en luron,
    C'est un Maçon.

Chaud sans être mauvaise tête,
Et vif sans être turbulent,
Dans un banquet, dans une fête,
Et surtout celle de Saint-Jean,
    Cédant au délire
    Que ce jour inspire,
S'il boit sans perdre la raison,
    C'est un Maçon.

Quoiqu'au milieu de sa carrière,
Quand Atropos l'a désigné,
Loin de regarder en arrière
Ou de prendre un air refrogné,
    En bravant la Parque
    Gaîment il s'embarque
Sans ressentir de noir frisson :
    C'est un Maçon.
            ETIENNE JOURDAN.

●●●

ORIGINE DE LA MAÇ.·. D'ADOPTION.

———

AIR : *Quand l'amour naquit à Cythère.*

ON nous assure qu'à Cythère
L'Amour pour la première fois,
Avec les Grâces et sa mère,
Ensemble ont rédigé nos lois.
Cupidon était vénérable,
Et présidait l'adoption :
Des ris, des jeux, la troupe aimable
Formait la loge d'union.

On admit d'abord le mystère,
La bienfaisance, et la candeur :
La volupté fut secrétaire
La décence fut orateur.
Aux lieux ou les Grâces résident,
Toujours on trouve la gaîté,
Telle est la loge que président
Amour, décence et volupté.

Tous les dieux bientôt de Cythère,
Veulent partager les travaux ;
Chaque jour récipiendaire,
Frères, prosélytes nouveaux.
Oubliant le dieu qui préside,
On dit que l'austère raison
Vint même cacher son égide
Sous un tablier de Maçon.

Les Muses, le dieu du génie
Mènent les beaux arts dans ces lieux ;
On en exclut la jalousie,
L'orgueil, le mensonge odieux ;
Quand les poisons de l'imposture
Sur les frères sont répandus,
Ils ne répondent à l'injure
Que par leurs mœurs et des vertus.

ALEX. MÉALLET.

LE MAÇON HÉRACLITE,

CANTIQUE.

AIR : *Qu'entends-je, l'affreuse trompette.*

PRÔNEURS de la Maçonnerie,
Que je plains votre cécité ;
Votre éloge à l'humanité
N'est qu'une insulte, une ironie ;
Car l'édifice que le sage
Elève au soutien des vertus,
Du fameux temple de Janus
Est la vivante et triste image.
Être éternel, puissance inconcevable,
Au genre humain pour donner le bonheur
Que lui promit ton souffle créateur,
Te fallait-il ce temple déplorable ?

La paix fermait son sanctuaire,
Mais son porche fatal s'ouvrait
Lorsque le peuple gémissait
Du cruel fléau de la guerre :
Tel le contagieux exemple
Du crime partout répandu,
Pour abriter l'humble vertu
Tient sans cesse ouvert notre temple.
Être éternel, puissance inconcevable,
Au genre humain pour donner le bonheur
Que lui promit ton souffle créateur,
Quel détour que ce temple déplorable !

Ton effort propitiatoire,
Pour terrasser avec vigueur
Le vice et la stupide erreur,
O Maçon, te couvre de gloire ;
Mais cet effort, louable même
Par sa triste nécessité,
Oté à l'homme sa dignité...
Ton existence est un blasphême.
Être éternel, puissance inconcevable,
Au genre humain pour donner le bonheur
Que lui promit ton souffle créateur,
Fallait-il donc ce temple déplorable.

Blasphême auteur de la nature,
Source éternelle de bonté,
Pardonne cette impiété
A ton aveugle créature,
Qui, trop vivement pénétrée
D'un zèle pur, mais mal conçu
Pour une idéale vertu,
Hors de sa sphère est égarée !

Être éternel, ô puissance adorable,
Au genre humain pour donner le bonheur
Que lui promit ton souffle créateur,
Sans doute il faut ce temple déplorable.

Oui, tel est le sort de la terre,
Ce n'est que la confusion
Qui mène à la perfection,
Et de la nuit naît la lumière,
Mais si j'admire la sagesse,
Qui règle ainsi notre destin,
Mon cœur brûle de voir la fin
De l'empire de la faiblesse.
Être éternel, ô puissance adorable,
Au genre humain donne enfin le bonheur
Que lui promit ton souffle créateur,
Ferme à jamais ce temple déplorable !!!

DEMARCONNAY.

LE MAÇON DÉMOCRITE,

CANTIQUE.

AIR : *Que fais-tu de la richesse*.

PLONGÉ dans mes rêveries,
Sur mes doigts je calculais
Le grand nombre de folies
Qu'ici-bas je démêlais ;
Dans cette cathégorie

Sévèrement j'ai compris
De la Franc-maçonnerie
Les sectaires désunis ;
Rien qu'en y pensant, je ris! (*ter.*)

N'est ce pas une folie
Que cette disparité,
Qui dans la Maçonnerie
Se prend pour l'égalité ?
Des sentimens le désordre
Est si grand, à mon avis,
Que sur les patrons de l'ordre
Aucuns ne sont réunis :
De ces différends, je ris. (*ter.*)

L'un croit que Saint-Jean Baptiste
Fut son premier protecteur,
L'autre à Jean l'évangéliste
Veut en réserver l'honneur ;
D'autres, profonds en science,
Choisissant en paradis,
Maçonnent sous la licence
De Saint-André, Saint-Louis :
De ces erreurs-là, je ris. (*ter.*)

Pour fixer son origine,
Je ne vois pas plus d'accord :
Les uns dans la Palestine
Réveillent d'illustres morts ;
D'autres, fouillant dans la Crypte
Des souverains de Memphis,
De ces anciens Dieux d'Égypte
Follement nous font sortis :
De leur sottise, je ris. (*ter.*)

Ce que nous nommons emblême,
Ne s'interprète pas mieux ;
Chaque rite a son système,
Futile ou trop orgueilleux.
Qu'importe pour la morale
Qu'un Maçon, sur ses habits,
Ou sur ses décors, étale
Blanc, noir, vert, bleu, rouge ou gris !
De pitié vraiment je ris... (*ter.*)

Ne suffit-il pas qu'en frères,
Dans notre institution,
Par des avis salutaires,
Se resserre l'union ;
Et qu'une douce morale,
Du plaisir vêtant l'habit,
Avec enjoûment s'exhale,
Pour en expulser l'ennui ?
De bon cœur alors je ris... (*ter.*)

Mais quand je sens qu'on prépare
En cirque nos établis,
Et qu'un bon frère les pare
De matériaux exquis ;
Quand je vois comme on s'applique
A tenir entre eux unis
Le canon et la barrique,
Et qu'ils sont de poudre emplis,
C'est bien alors que je ris. (*ter.*)

Si j'entends qu'on assaisonne
Du petit mot un banquet,
Que chaque frère y foisonne
En plus d'un joli couplet,

Dont l'aimable gentillesse,
Charmant le cœur et l'esprit,
Les dispose à l'allégresse,
Lorsqu'on a bien démoli,
Ah, bien plus encor je ris... *(ter.)*

J'aime aussi qu'on multiplie
L'exercice du canon,
Surtout quand pour la patrie,
Pour la France avec raison
Le cœur dirigeant le zèle,
Dessus l'ongle on fait rubis,
Que cette santé soit celle
Des Maçons toujours unis!!!
De tout cœur alors je ris.... *(ter.)*

COGNET.

●●

COUPLETS DE RÉCEPTION.

AIR: *Ah! que de chagrins dans la vie.*

Un jour plus pur brille et m'éclaire,
Mes yeux s'ouvrent plus radieux;
Enfin je reçois la lumière
Que vous avez ravie aux Dieux!
Si le plaisir dans mes regards pétille,
C'est qu'au milieu de vous admis,
Je vois soudain s'augmenter ma famille
Et le nombre de mes amis.

Salut, ô temple respectable,
Servi par des frères pieux ;
Dont la main tendre et secourable
Tarit les pleurs du malheureux !
Je viens ici, l'âme émue et ravie,
Jurer, comme un franc Bourguignon,
Au vénérable, amitié pour la vie,
Amitié franche au Franc-maçon.

Je cesse donc d'être profane !
Mais, quoiqu'ami des vieux flacons,
Je ne crains pas qu'on me condamne
A boire avec des Francs-maçons.
S'il faut sabler cette liqueur chérie ;
Qui me réconforte la voix,
Fidèle aux lois de la Maçonnerie,
Au lieu d'un coup, j'en boirai trois.

CASIMIR MENESTRIER.

LE NÉOPHYTE.

AIR : *Tontaine, tonton.*

Si pour être admis dans ce temple
Il faut abjurer la chanson,
Non, non, (*bis*) bonsoir, Salomon :
Mais s'il m'y faut suivre l'exemple
D'Epicure et d'Anacréon,
Bon, bon ! je suis Franc-Maçon.

Si les Francs-Maçons doivent être,
Savans comme feu Cicéron,
Non, non, (*bis*) bonsoir Salomon :
Mais pour être manœuvre ou maître
S'il suffit d'être bon garçon,
Bon, bon! je suis Franc-Maçon.

S'il faut au pauvre qui supplie
Fermer son cœur et sa maison,
Non, non, (*bis*) bonsoir Salomon :
Mais d'une bourse bien remplie
S'il faut lui faire l'abandon,
Bon, bon! je suis Franc-Maçon.

Si Salomon dans la nuit sombre
Défend d'accoster un tendron,
Non, non, (*bis*) bonsoir Salomon :
Mais si d'amour parfois dans l'ombre
Il permet la douce leçon,
Bon, bon! je suis Franc-Maçon.

Si c'est le Surène ou le Brie
Qui rougit ici le flacon,
Non, non, (*bis*) bonsoir Salomon;
Verse-t-on Bordeaux, Malvoisie,
Nuits, Champagne ou même Mâcon,
Bon, bon, je suis Franc-Maçon.

S'il ne faut manger que carotte,
Radis, navet, fromage, oignon,
Non, non, (*bis*) bonsoir Salomon;
Si l'on se permet matelotte,
Truffes, perdrix, turbot, rognon,
Bon, bon! je suis Franc-Maçon.

DÉSAUGIERS.

LE TEMPLE DE SALOMON.

———

AIR : *Va d'une science inutile.*

Pour nous laisser de leur folie
Des témoignages fastueux,
La vieille Grèce et l'Italie
Ont construit cent temples fameux
Mon avis, que je ne peux taire,
Est que, dût sourciller Ammon,
Le plus saint temple de la terre
Est *le temple de Salomon.*

A Mars qui sans cesse ravage,
On vit les aveugles mortels,
A l'envi, sur chaque rivage
Elever de sanglans autels.
A la douce paix qui féconde,
Quels temples édifia-t-on ?
Elle n'en a qu'un dans le monde :
C'est *le temple de Salomon.*

Partout d'insensés fanatiques,
Esclaves de leurs préjugés,
Loin de leurs autels domestiques,
Chassent des frères affligés.
Sur le zèle qui les transporte,
Nous qui ne prenons pas leçon,
Ouvrons, à tous, ouvrons la porte
Du *saint temple de Salomon.*

9

Aux cœurs froids, aux esprits frivoles,
Aux vicieux, aux faux dévots,
Qui se riraient de nos paroles,
Et calomnîraient nos travaux ;
Que la clairvoyante cohorte
Qui veille au salut d'*Hérédon*,
Ferme toujours, ferme la porte
Du *saint temple de Salomon*.

Dans la poudre un millier de temples
Disparaît de l'Indus au Nil ;
Par quels prodiges sans exemples
Le nôtre au temps résiste-t-il ?
Dans toute sa gloire première
S'il brille, c'est que la raison
A posé la première pierre
Du *saint temple de Salomon*.

La clef de la *voûte sacrée*
Est dans les tendres sentimens
Qui de l'heureux âge de Rhée
Embellirent les courts momens.
De ces jours à peine l'aurore
Renaît pour chaque nation
Quand leur *midi plein* luit encore
Sur *le temple de Salomon*.

Aucun pontife n'y domine
En propageant la cécité ;
Trois mots renferment la doctrine :
Dieu, sagesse, fraternité.
Sans craindre qu'un réquisitoire
Nous voue aux feux du Phlégéton,
Nous pouvons chanter, rire et boire
Dans *le temple de Salomon*.

Gloire aux bienfaiteurs de la terre,
Titus, Marc-Aurèle et Platon,
Socrate, Franklin et Voltaire,
Vincent de Paul et Fénélon.
Nous ne sommes point hérétiques,
Car de saints d'un si grand renom,
Où conserve-t-on les reliques?
Dans le temple de Salomon.

J. QUANTIN.

LA LUMIÈRE.

CANTIQUE D'ADOPTION.

AIR : *Des Triolets ou Isaule et les amours.*

PEUT-ON goûter des biens parfaits
Si l'on n'a point vu la lumière?
Le monde lui doit ses attraits:
Chantons, célébrons ses bienfaits.
A qui voit de si doux objets
Elle doit surtout être chère!
Peut-on goûter des biens parfaits
Si l'on n'a point vu la lumière?

L'ombre, il vrai, plaît à l'amour;
Mais l'amour chérit la lumière.
Si quand la nuit est de retour,
A ce dieu l'on fait mieux sa cour,
Ne sait-on pas qu'un peu de jour
Double les plaisirs du mystère?
L'ombre, il est vrai, plaît à l'amour;
Mais l'amour chérit la lumière.

La beauté, dont tout suit les lois,
Doit son triomphe à la lumière ;
Et l'enfant qui porte un carquois,
Tout fier qu'il est de ses exploits,
En conterait bien moins, je crois,
Si l'on ne voyait point sa mère.
La beauté, dont tout suit les lois,
Doit son triomphe à la lumière.

Combien, dans ces momens flatteurs,
Je sens le prix de la lumière !
Vous de qui les charmes vainqueurs
Domptent les plus superbes cœurs,
Ah ! puisque vous êtes mes sœurs,
Des Grâces je suis donc le frère !
Combien, dans ces momens flatteurs,
Je sens le prix de la lumière !

Daignez sur moi, daignez, beaux yeux,
Lancer votre douce lumière.
J'admire les astres des cieux ;
Mais mon cœur adore les feux
De ces astres plus radieux
Qui roulent sous votre paupière.
Daignez sur moi, daignez, beaux yeux,
Lancer votre douce lumière.

De Miramond,

LE FLEUVE DE LA VIE.

———

AIR : *Du fleuve de la vie.*

TANDIS que l'homme solitaire,
En attendant l'éternité,
Se voit privé sur cette terre
De la douce fraternité,
Enfant de la Maçonnerie,
Unis par le même serment,
Nous descendons bien plus gaîment
  Le fleuve de la vie.

Laissant murmurer la sottise
Et gémir la froide raison,
Que la folie et la franchise
Composent notre cargaison.
Et voyageurs sans jalousie,
Pour manœuvrer doublant d'efforts,
Cueillons quelques fleurs sur les bords
  Du fleuve de la vie.

Voyez le fripon qui calcule
Le fruit honteux de ses larcins,
Et cet usurier qui spécule
Sur le malheur de ses voisins :
Enfans de la Maçonnerie,
N'admettons jamais sur nos bancs
Ces pirates et ces forbans
  Du fleuve de la vie.

Faisons du bien, a dit le sage ;
C'est un moyen facile et doux
De laisser dans notre voyage
Quelque souvenir après nous ;
Et qu'aucun Franc-Maçon n'oublie,
En suivant ces aimables lois,
Qu'on ne traverse pas deux fois
    Le fleuve de la vie.

Prenant la vertu pour étoile,
Et pour pilote nos desirs,
Voguons, amis, à pleine voile
Sous le pavillon des plaisirs ;
Et notre course ainsi finie,
Nous n'aurons plus à regretter
Que de ne pouvoir remonter
    Le fleuve de la vie.

MOREAU.

●●●

COMPLAINTE

ZISTORIQUE ZET SENTIMENTALE,

r les zévénemens d' l'initiation fri-maçonnique de Jean-
Louis–Chrysostôme–Richôme–Jérôme Dubuis , maître
gasseux ta la Guernouillère.

———

AIR : *De mam'selle Manon Giroux.*

ON m' d'it : za la guernouillère
    Y a des Fri-Maçons,
Qui font zun bruit de tonnerre;
    Quoique bons garçons.
On les plaisante, on les fronde
    Sur leux but hardi ,
Car y font voir za tout l' monde
    Clair zen plein midi. (*bis.*)

Pisque ces humains sont zhommes
    A se réjouir ;
Et qu' dans le sièque où nous sommes
    Chacun veut jouir ,
Je m' fais l' défenseux des frères ,
    Dût-on z'en jaser :
Je d'vin' qu' l'objet d' leux mystères
    Est de s'amuser. (*bis.*)

V'là qu'un biau soir je m' présente
Aux portes d' chez eux.
Un gaillard za min' méchante
Me demande c' que j' veux.
J' tire un' pièce d' ma poquette,
Ça parle d'bon goût;
Mais l'brave homm' m' fait zun' courbette,
Me r'fuse.... et m' prend tout.   (*bis.*)

A mon ci-d'vant numéraire,
Y joint mes zhabits :
Je m' dis t'en le laissant faire,
C' sont ses p'tits profits.
Dans un lieu noir, y s'fait suivre ;
Là, sans m'attendrir,
J' lis couramment : pour ben vivre,
Sois prêt za mourir.   (*bis.*)

Mourir c'est c'pendant fort triste,
Pensai-je en c'moment.
J'me r'tourne et j'vois sur un' liste :
Fais ton testament !
Allons, me fis-je, y faut s'rendre,
S' fâcher s'rait d'un sot.
A ceux qui sav' si ben prendre,
J' lègue le magot.   (*bis.*)

On me met dans t'un' machine
Que l'on fait zaller ;
J'arrive, on m' sort, on m'taquine
Pour batifoler.
Je montre un fier caractère,
On m' démontre, hélas !
Les vanités de la terre
En m'flanquant za bas.   (*bis.*)

Pendant cinq ou six p'tit' zheures,
   J' crois qui m' croyaient d' fer,
Y m' tourmentent comme aux d'meures
   Des diables d'enfer.
J'enrageais d'la bonn' manière ;
   Enfin, j'suis theureux ;
Mais zen m' donnant la lumière
   Y m' grillent les ch'veux.   (*bis.*)

Dès qu'jus tété reçu, dame !
   On m' rendit mes francs :
Les Fri-Maçons, sur mon âme,
   Sont d'honnêtes gens.
Y sont ben polis t'encore,
   Y m' dirent za moi :
Vot' présence nous shonore :
   J' leux fis : n'y a pas d'quoi !   (*bis.*)

Après survint la bonbance,
   Mais j' m'arrête là.
Et voici ce que je pense
   Au sujet d' tout ça :
Ah ! qu' mon sort s'rait zagriable
   Si j'pouvais me voir,
En bachot, en loge, à table
   Du matin au soir.   (*bis.*)
       BAZOT.

9*

●●●

JOCRISSE FRANC-MAÇON.

CANTIQUE PATOISÉ.

———

AIR : *Tenez, moi, je suis un bon homme.*

JE ne puis rester chez personne,
Mes aventur's l'ont ben prouvé,
Et malgré le mal que je m'donne,
Je m'vois toujours sur le pavé.
Des Maçons j'veux suivre la trace,
Et j' vous en dirai la raison :
Etant Maçon, si j'suis en place,
J'pourrai m' bâtir un' bonn' maison.

Des apprentis d' ma connaissance
M'offrent d' m'apprendre à travailler ;
Un jour ils ont la complaisance
De m' conduire à leur atelier.
Chemin faisant y m' font l'éloge
Des agrémens de leur métier,
Puis y m' parlent d'entrer en loge,
J' crois qu' c'est pour parler au portier.

Ces malins, que le diable emporte,
Dans l'grand salon entrant tout d'go,
Y m' laissent tout seul à la porte ;
Moi, j' reste là comme un nigaud ;

Et puis dans ces tristes demeures,
Pour calmer mes sens éperdus,
J' trotte à grands pas pendant deux heures...
J'dis que v'là ben des pas perdus !

Un sournois vient m'saisir, et j'entre
Dans un endroit terrible à voir ;
C'est tout comm' qui dirait un antre,
Où tout c' qui n'est pas blanc est noir.
Sur les murs j'aperçois des têtes...
Jarny ! c'est ça qui fait trembler !
C'est des têt's de morts si ben faites,
Qu'all's ont vraiment l'air de parler !

Comme j' réfléchis dans c'te chambre,
Morgué! v'là ben un autr' tourment !
J'en tremble encor de chaque membre,
On m' dit qu' faut fair' mon testament !
Eh ! messieurs, j' n'ai pas besoin d'aide
Pour vous bâcler c' testament là :
J' n'avons rien, c'est tout c' que j' possède...
Vous en f'rez tout c' qu'il vous plaira !

Mon sournois m' dit qu'avant de l' suivre,
Faut chercher si je n'ai pas d'argent ;
J' conservais queuque argent en cuivre,
Y m' le prend d'un air obligeant ;
S' rendant ensuite à la prière
Que j' l'y fais d' sortir de ces lieux,
Y m' dit : tu vas voir la lumière....
Et m' flanque un mouchoir sur les yeux.

On conduit enfin l' pauv' Jocrisse
En prenant maint et maint détour,
Dans un endroit où chaqu' novice
Ne voit qu' la nuit quand i' fait jour.
On m' fait asseoir et puis on m' prie
D' boir' d'un vin qu'on m' verse à foison
Mais j'ai dans l' cœur un' voix qui m' crie :
« N' bois pas, Cadet, c'est d' la poison! »

J'avale et j' dis : c'est une épreuve,
Dont je n' pourrai jamais rev'nir;
Mais on veut encor plus d'un' preuve
De mon courage avant d' finir.
Pour me préparer à la s'conde,
Un luron fort comm' je n' sais quoi,
M' fait voyager autour du monde
Qu'était là pour s' moquer de moi.

Je d'mande à la fin qu'on m'enseigne
C' qui faut savoir pour êtr' Maçon;
V'là qu'un docteur prétend qu'on m' saigne
Avant de m' donner un' leçon.
A ces mots tout mon sang se r'tire,
Et j' dis au saigneur importun,
« N' saignez pas, mon air doit vous dire,
» Que je n'ai pas le sens commun. »

Pour épargner les cœurs sensibles,
Je ne veux pas vous raconter
Tous les supplic's vraiment terribles,
Que j'eus encore à supporter.
Près d' moi l'on f'sait un bruit du diable :
L'on soufflait l' feu, l'on r'muait des fers!
J'ai cru, dans c' tumulte effroyable,
Jouer tout d' bon *Jocrisse aux enfers.*

Allons! prépare ta paupière,
M' dit l' président qu'était un vieux,
Tu vas enfin voir la lumière...
Tout d' suite on m' découvre les yeux.
J'éprouvais des frayeurs nouvelles,
C' mot d' lumière m'avait frappé ;
V'là qu'on m' fait voir trent'-six chandelles,
Ainsi l'on ne m'a pas trompé.

Ensuite on va se mettre à table,
Oh ! pour le coup j' dis v'là l' bouquet ;
L' président, d'un air vénérable,
M'invite à m'asseoir au banquet.
Et par malice on accompagne
Ce festin vraiment merveilleux
D' canons bourrés en vin d' champagne
Pour mieux m' jeter d' la poudre aux yeux.

On m'avait dit que dans c' te salle
J'allais encore êtr' maltraité ;
Mais j' vois ben qu' c'était d' la cabale,
Car l'on y boit à ma santé.
Au lieu d'avaler des couleuvres
J' bois d' bons vins sans fair' de façons ;
Et j' veux en dépit des manœuvres,
Boire à la santé des Maçons.

ARMAND GOUFFÉ.

●●

CANTIQUE D'ADOPTION.

———

AIR : *Mon père était pot,* etc.

HONNEUR au Maçon généreux,
  Qui, de lois trop sévères
Affranchissant nos bons aïeux,
  Egaya leurs mystères!
    Par lui quand l'amour
    Décore en ce jour
  Nos antiques colonnes;
    En bons compagnons,
    Mes frères, fêtons
  Nos aimables maçonnes.

Remis aux mains de la beauté,
  Le maillet redoutable,
Des plaisirs et de la gaîté
  Devient le sceptre aimable.
    Nous donnant des lois,
    Sous de jolis doigts,
  Quand le maillet résonne,
    Au signal plus prompt,
    Le maçon répond
  Au coup de sa maçonne.

Parcourant ces riants climats,
  On peut voir le plus sage,
Quand les sites ont tant d'appas,
  S'égarer en voyage;

Sans crainte pourtant,
Puisqu'en voyageant,
Jeunesse se façonne,
Un maçon pourra
Se former, s'il va
De maçonne en maçonne.

Quand je vois cet Eden charmant,
Je pardonne au bonhomme
Qui nous damna ; mais plus friand
J'aurais cueilli la pomme.
Au fruit défendu,
Qui n'aurait mordu ?
Quand la beauté le donne,
Vit-on un maçon,
Mauvais compagnon,
Refuser sa maçonne ?

A ce Banquet, dans tous les cœurs,
Que la gaîté pétille,
Nous fêtons, en fêtant nos sœurs,
L'honneur de la famille.
Le joyeux Eva
Pour elle vaudra
Les plus riches couronnes.
Amis, répétons :
Vivent des maçons
Les aimables maçonnes.

                        PESSEY.

······································

APOLLON FRANC-MAÇON.

———

AIR du vaudeville de madame Scarron.

BÂTISSONS, bâtissons, chantait sur sa lyre,
En bon compagnon,
Apollon devenu maçon.
Bâtissons, bâtissons, qu'un joyeux délire
Charme nos travaux,
Et s'unisse au bruit des marteaux.

Dans la Pergame nouvelle
Elevons avec ferveur
Un boudoir à chaque belle,
Un cabaret au buveur;
Des chambrettes aux fillettes,
Des temples aux Francs-Maçons;
Et pour tous les poètes,
Des petites-maisons.
Bâtissons, etc.

Elevons à Melpomène
Un théâtre fastueux:
Dans tous les temps, de la scène
Les Grecs ont aimé les jeux.

Sur des maux imaginaires
Puissent-ils, versant des pleurs,
Par de douces chimères,
Oublier leurs malheurs.

Bâtissons, etc.

Elevons dans cette enceinte
A Thémis un beau palais;
Que la chicane et la feinte
N'y puissent trouver accès.
Que dis-je ! elle est incapable
De laisser, en y pensant,
Triompher le coupable,
Succomber l'innocent.

Bâtissons, etc.

Mais je veux qu'un nouveau monde
Soit l'ornement de ces murs :
Dans la ville que je fonde
Tous les amis seront sûrs.
Les femmes douces, fidèles ;
Chaque époux sera constant ;
Et vous, Mesdemoiselles,
Vous n'aurez qu'un amant.

Bâtissons, etc.

D'Esculape je suis père ;
Je veux que tout médecin
Dans ma ville hospitalière,
Ne soit jamais assassin.

Que personne enfin n'y meure.
Mais que dis-je ! en peu de temps
Mon heureuse demeure
Aurait trop d'habitans.
Bâtissons , etc.

J.-A. JACQUELIN.

●●

CANTIQUE.

——

A'R : *Si vous voulez bien le permettre* (de Michel Christine).

Un docteur dans l'art maçonnique,
Se mettant chaque jour en frais,
En trente pages nous explique
De notre ordre les secrets.
    Docteur, souffrez qu'on puisse
    D'un seul mot résumer
    Votre savante *esquisse* :
    Ce secret c'est .... d'aimer.
            Aimons,
            Buvons
        Et chantons.
Ce refrain un peu vulgaire,
Doit être, en paix comme en guerre,
    Le refrain des maçons,
    Le refrain (*ter.*) des maçons;
        Des chansons,
        Des maçons.

Déjà sur les côteaux célestes
A grimpé l'agile bélier ;
Courons, amis, joyeux et lestes,
Le broc en main au cellier.
   Des récoltes bachiques,
   Dissipons le trésor.
   Toi, remplis nos barriques,
   Vierge de Thermidor !

Livrons-nous tous à l'espérance.
Sous les frimas amoncelés,
Que de germes la Providence
Pour notre bien a célés !
   Nous allons voir paraître
   Savoureuses primeurs ;
   Et miracles renaître,
   Les boutons....., puis les fleurs !

Chevaliers, tout cœur heureux aime
Les *mauvais compagnons* vaincus,
De la *vengeance* que l'emblème
Ne couvre plus vos Ecus.
   Oublions quelles causes
   Nous ont chargés de croix ;
   Et, couronnés de roses,
   Chantons tous d'une voix :
      Aimons, etc.

J. QUENTIN.

●●

LES BELLES.

ÉCHELLE D'ADOPTION.

AIR : *Je ne suis plus de ces vainqueurs.*

Mes chers frères , il est certain
Qu'à notre titre peu fidèles
Nous avons trop chanté le vin,
Et pas assez chanté les belles.
Franc buveur, galant troubadour,
Il me faut bouteille et maîtresse ;
Fêter Bacchus, fêter l'amour,
C'est toujours être dans l'ivresse.

Hommes trop fiers de vos talens,
Toutes les belles que l'on cite,
Vous surpassent en agrémens
Et vous égalent en mérite.
L'illustre amante de Phaon,
Cédant à son triple délire,
Unissait comme Anacréon
Le myrte, le lierre et la lyre.

Chère au dieu du sacré vallon,
Notre gentille Deshoulière
Parut à la cour d'Apollon
Sous l'humble habit d'une bergère ;

Et par un prodige nouveau,
Gardant toujours la foi promise,
Elle unit l'esprit de Sapho
A la constance d'Arthémise.

Le dieu du goût a désigné
Pour sa favorite fidèle
Cette piquante Sévigné,
Sans rivaux comme sans modèle,
D'un style aimable et familier
Quand elle écrivit maint volume,
Momus lui tenait l'encrier,
Et les Grâces taillaient sa plume.

Ninon jusques à son déclin,
Des sots méprisant l'apostrophe,
Sous les dehors d'un libertin
Cachait l'âme d'un philosophe.
Toujours infidèle aux amans,
En amitié jamais frivole,
Elle manquait à ses sermens,
Mais elle tenait sa parole.

Du feu dont Plutarque a brûlé
Laure fut l'heureuse origine ;
On assure qu'à Champmeslé
Nous devons les vers de Racine ;
Et la Grèce, qu'à surpasser
En vain la France s'étudie,
A vu Socrate s'élancer
Du galant boudoir d'Aspasie.

Les belles, Clio nous l'a dit,
Ont su par un double avantage
Offrir des modèles d'esprit,

Et des exemples de courage.
Voyez-vous Sombreuil se nourrir
Au sein d'une fille chérie...
Un amant y voudrait mourir;
Un père y retrouve la vie.

Mes chères sœurs, vos seuls regards
Electrisent, par leur magie,
Les vaillans favoris de Mars,
Et les amans de Polymnie.
Oui, les auteurs et les guerriers,
Dont les amours plaident la cause,
Moissonneraient moins de lauriers
Si vous n'y mêliez pas la rose.

MOREAU.

L'ENTERREMENT DIFFÉRÉ.

ÉCHELLE FUNÈBRE,

EXÉCUTÉE DANS UNE LOGE D'ADOPTION.

AIR : *Vivre loin de ses amours.*

DE mon cœur la froide paix,
Me désole et me fait honte;
Dans le bois le plus épais,
Loin des portes d'Amathonte,
Dès ce soir, petits amours,
Qu'on m'enterre, hélas! pour toujours.

Sans brancart et sans effroi
Je vais suivre à pied vos traces;
Mais avant, permettez-moi
D'admirer encor les Grâces.
Je ne veux, petits amours,
Que leur dire adieu pour toujours.

O plaisir inespéré!
Ces trois sœurs, chastes, mais nues,
Par vos soins, tout à mon gré,
Je les vois, je les ai vues...
Maintenant, petits amours,
Fermez-moi les yeux pour toujours.

Deux à deux, la torche en main,
Avancez... jusqu'à la rose,
Qui, là-bas sur le chemin,
De moi réclame une pause :
Oui, je veux, petits amours,
Dire à Flore adieu pour toujours.

S'il vous plaît, reposons-nous
De nouveau près de ce hêtre,
Auquel j'ai, dans mon courroux,
Suspendu mon luth champêtre...
A Phébus, petits amours,
Je dois dire adieu pour toujours.

Halte encor; de mes amis
J'aperçois le joyeux groupe,
Qui d'un vin sans doute exquis
M'offre une dernière coupe.
A Bacchus, petits amours,
Je dois dire adieu pour toujours.

De mourir j'ai fait serment,
Et j'en ai bien bonne envie;
Mais je doute en ce moment
Que, vous qui donnez la vie,
Vous puissiez, petits amours,
Me l'ôter surtout pour toujours.

De vos traits armez mon bras,
Et, sans un regret extrême,
Je me donne le trépas...
Mais quoi! l'on meurt de soi-même
Quand il faut, petits amours,
Qu'on vous dise adieu pour toujours.

Jurez-moi de ne souffrir
Sur ma tombe aucune pierre;
Jurez-moi de la couvrir
Ou de mousse ou de fougère...
A ce prix, petits amours,
Je vais me percer... pour toujours!

Arrêtons dans cet endroit,
La lune ose à peine y luire,
L'onde y dort, le myrte y croît,
La tourterelle y soupire.
Creusez là, petits amours,
Creusez là mon lit pour toujours.

Un moment... oui, sur nos pas
Retournons jusqu'à Cythère...
Croiriez-vous que je n'ai pas
Pris congé de votre mère?
A Vénus, petits amours,
Je dois dire adieu pour toujours,

Vénus, par son doux regard,
Flore, par son doux sourire,
Bachus, par son doux nectar,
Phébus, par sa douce lyre,
Pourraient bien, petits amours,
Me ressusciter pour toujours.

DE PIIS.

COUPLETS

chantés lors de l'installation de la L∴ de la *Céleste Amitié*,
O∴ de Rouen, en 1777, en qualité d'Off∴ du G∴
O∴ Installateur.

VOUS de la Maçonnerie,
O sages instituteurs,
Qui de notre artillerie
Avez réglé les honneurs,
A mes chants soyez propices :
Un temple est édifié
Sous les lois et les auspices
De la *céleste amitié.*

A Thalie, à Melpomène,
Que d'autres fassent leur cour;
La muse qui nous enchaîne,
Est celle du tendre amour ;
Tout à cet amour si vaste
Est par nous sacrifié ;
Amour bienfaisant et chaste !
Douce et *céleste amitié.*

Sur de profanes musettes
Qu'on célèbre les neuf sœurs ;
De la paix en nos retraites
Nous célébrons les douceurs :
Douceurs toujours renaissantes,
Quand on est réfugié
Sous les ailes bienfaisantes
De la *céleste amitié*.

En vain l'ignorant vulgaire
Veut sonder notre secret ;
Du Maçon le caractère
Est d'être toujours discret ;
Céler le bien qu'il peut faire,
N'en jamais faire à moitié,
Aimer tendrement son frère
D'une *céleste amitié*.

Dans la maçonnique lice
Il suit le chemin battu,
Construit des cachots au vice,
Des temples à la vertu.
Enclin à la bienfaisance,
Et sensible à la pitié,
Il sent en lui la présence
De la *céleste amitié*.

Présider d'aimables frères,
Les instruire et les former,
Leur dévoiler nos mystères,
Surtout celui de s'aimer ;
Sage et respectable maître,
Ce soin vous est confié ;
Que de fruits vous verrez naître
De leur *céleste amitié* !

A la perpendiculaire
Le niveau vous unirez
Du compas et de l'équerre
Le sens vous leur montrerez ;
Ces bijoux sont la boussole
De tout frère initié :
Ils tendent toujours au pôle
De la *céleste amitié.*

Avec prudence et sagesse
Des dessins vous tracerez ;
Avec force, avec noblesse
Vous les exécuterez.
Pour la beauté de l'ouvrage.
Si vous êtes envié,
Vous conjurerez l'orage
Par la *céleste amitié.*

Mes frères, je vous la jure,
Avec la plus vive ardeur,
Cette amitié douce et pure,
Source de notre bonheur.
Tant que roulera la sphère,
Je serai toujours lié
Par l'amour le plus sincère
A la *céleste amitié.*

L'abbé PINGRÉ.

LE SORT DES FRANCS-MAÇONS.

AIR: *Muse des bois et des échos champêtres.*

PEINDRE le vice avec gaze légère,
Je ne vois pas que ce soit un grand bien;
Par des détours, séduire une bergère,
Est-ce être heureux? ma foi, je n'en crois rie
Pour célébrer nos augustes mystères,
De la sagesse emprunter les leçons,
C'est le bonheur, c'est le bonheur des frères
Cet heureux sort est celui des Maçons.

Chanter d'Amour la flamme enchanteresse,
Je ne vois pas que ce soit un grand bien;
Du dieu Bacchus vanter la folle ivresse,
Est-ce être heureux? ma foi, je n'en crois ri
Mais célébrer l'Architecte suprême,
Louer les mœurs par d'aimables chansons,
C'est un bonheur, c'est un bonheur extrême
Cet heureux sort est celui des Maçons.

Par des soupirs dompter une cruelle,
Je ne vois pas que ce soit un grand bien;
L'aimer, jouir, devenir infidèle,
Est-ce être heureux? ma foi, je n'en crois ri
Mais être aimé de ses frères qu'on aime,
Chérir les mœurs, vaincre ses passions,
C'est le bonheur, c'est le bonheur suprême
Cet heureux sort est celui des Maçons.

Pour s'affliger avoir une maîtresse,
Je ne vois pas que ce soit un grand bien;
Au prix de l'or acheter sa tendresse,
Est-ce être heureux? ma foi, je n'en crois rien.
D'un tendre ami soulager la misère,
Être assuré de son affection;
C'est le bonheur, c'est le bonheur d'un frère;
Cet heureux sort est celui d'un Maçon.

De ses trésors faire un vain étalage,
Je ne vois pas que ce soit un grand bien;
Mener l'ennui dans un leste équipage,
Est-ce être heureux? ma foi, je n'en crois rien.
Dans la fortune être toujours le même,
Sans être fier de ses aveugles dons;
C'est le bonheur, c'est le bonheur suprême;
Cet heureux sort est celui des Maçons.

Par des fadeurs essayer l'art de plaire,
Je ne vois pas que ce soit un grand bien;
Par l'équivoque, amuser le vulgaire,
Est-ce être heureux? ma foi, je n'en crois rien.
Avec décence égayer son langage,
Le décorer des fleurs de la raison,
C'est le bonheur, c'est le bonheur du sage;
Cet heureux sort est celui du Maçon.

Vivre sans frein et braver la critique,
Je ne vois pas que ce soit un grand bien;
Ne rien aimer, avoir l'humeur caustique,
Est-ce être heureux? ma foi, je n'en crois rien.

Doux pour autrui, sévère pour soi-même,
Et de la haine éviter les poisons,
C'est le bonheur, c'est le bonheur suprême ;
Cet heureux sort est celui des Maçons.

Un grand seigneur, lorsqu'il nous rend visite,
Je ne vois pas que ce soit un grand bien ;
Un importun s'attache à notre suite,
Est-ce être heureux ? ma foi, je n'en crois rien.
Mais un ami qui connaît nos mystères,
Frappe trois fois, il paraît, nous chantons ;
C'est le bonheur, c'est le bonheur des frères ;
Cet heureux sort est celui des maçons.

L'avare dit : Je chéris la richesse.
Hélas ! pour lui, l'or n'est pas un grand bien,
L'ambitieux recherche la noblesse :
Est-ce être heureux ? ma foi, je n'en crois rien.
Un frère dit : C'est la vertu que j'aime ;
On l'applaudit, trois fois nous répétons :
C'est le bonheur, c'est le bonheur suprême ;
Cet heureux sort est celui des Maçons.

PINGRÉT.

CANTIQUE DE BANQUET.

AIR : *Aussitôt que la lumière.*

Lorsqu'un enfant de Bourgogne
Lentement va chez les morts
Leur montrer sa rouge trogne,
Chanter ses joyeux accords ;
L'onde qu'un zéphir agite,
Accompagnant ses chansons ,
Lui renouvelle au Cocyte
Le glouglou de ses flacons.

La terre entière est un temple
Où Bacchus devrait régner :
Les Maçons doivent l'exemple,
Frères , il faut le donner.
Créer le bonheur au monde,
D'un Maçon c'est la vertu ;
Courons la machine ronde ;
Couvrons-la du bois tortu.

Revenus de ce voyage,
Sous le pampre réunis,
Nous attendrons le vieil âge
En buvant à nos amis ;
Et quand la parque farouche
M'aura chanté son refrain,
Vous graverez sur ma couche :
Ci-gît un tonneau de vin.

PIRAULT DESCHAUMES.

CHANTONS LA PAIX.

AIR : *De la pipe de tabac.*

LE bruit des tambours, des trompettes,
N'épouvante plus nos climats;
Le laurier qui parait nos têtes
A l'olivier cède le pas.
Quand la paix réjouit la terre,
Quand tout célèbre ses bienfaits,
En vrais enfans de la lumière,
Chantons la paix! chantons la paix!

Quand midi plein sonne pour elle;
Pour elle unissons tous nos vœux;
Qu'elle soit solide, éternelle,
Et que l'univers soit heureux.
Si quelque cœur atrabilaire
Pouvait former d'autres souhaits,
A l'envi pour le faire taire
Chantons la paix! chantons la paix!

La paix a toujours un asile
Entre l'équerre et le compas;
Le maçon, aimant et tranquille,
Fuit la discorde et les combats.
En ce jour cher à sa patrie,
Si radieux pour les Français,
De l'âme et du cœur il s'écrie:
Chantons la paix! chantons la paix!

Portons cette paix désirable
Dans le monde et dans nos maisons ;
Que chacun aime son semblable ;
Par le cœur soyons Francs–Maçons.
La haine est une maladie
Qui conduit aux plus grands excès ;
Pour guérir cette frénésie
Chantons la paix ! chantons la paix !

PONCET - DELPECH.

PATRON JEAN.

AIR : *Je dormais d'un très-bon somme.*

PAN, pan, pan, ouvrez la porte,
Je suis un joyeux luron ;
Je veux que Satan m'emporte,
Si je ne suis bon Maçon.
Je ris, je chante, je bois,
Et me moque des sournois.
   Pan, pan, pan, pan, pan, pan,
Ouvrez donc à patron Jean,
      A patron Jean,
      A patron Jean.

Les sournois, ce sont des diables
Bruns, noirs, blonds *et cætera ;*
Leurs discours les plus aimables
Sont gais comme un *libera.*

10*

Sifflés ici de chacun ,
Corbleu ! si j'en tenais un...
   Pan ; pan , pan , pan , pan , pan ,
Pan ! *fecit* le patron Jean ,
      Le patron Jean ,
      Le patron Jean.

Êtes-vous de bons apôtres?
Comme vous, moi , je serai.
Faites-vous comme les autres ?
Tout comme vous je serai.
Qui que vous soyez enfin ,
Vous faut-il un coup de main ?
   Pan , pan , pan , pan , pan , pan ,
Solide est le patron Jean ,
      Le patron Jean ,
      Le patron Jean.

Patron Jean était si drôle
Qu'il mit la loge en gaîté,
Il remplit fort bien son rôle
Et bien fut félicité.
Il rend l'accueil solennel
Par le signe fraternel.
   Pan , pan ,   pan ;   pan , pan ,   pan ,
Est parfait dans patron Jean ,
      Dans patron Jean ,
      Dans patron Jean.

Au Banquet on le convie,
Il s'y placé en amateur;
Il boit, mange, remercie ,
D'esprit , de bouche , et de cœur ;

Puis ajoute : que céans
Chacun de vous trouve dans
   Pan , pan ,   pan ;   pan , pan ,   pan ,
L'hommage de patron Jean ,
     De patron Jean ,
     De patron Jean.

Patron Jean sortant de table
Voit une belle et la suit,
Seize ans , minois agréable ,
Doux parler, tout le séduit ;
Au logis on arriva ;
La demoiselle frappa ;
   Pan , pan , pan , pan , pan , pan ,
Trois coups !.... plus de patron Jean ,
     De patron Jean ,
     De patron Jean.

Il a fui l'enchanteresse
En rendant grâce au destin ;
Bientôt un cri de détresse
L'arrête dans son chemin.
Généreux , plein de valeur ,
Il court... c'était un voleur !
   Pan , pan , pan , pan , pan , pan ,
Et vainqueur est patron Jean ,
     Est patron Jean ,
     Est patron Jean.

BAZOT.

CHARGEONS !

AIR : *Verse encor.*

COMPAGNONS,
Chargeons, chargeons, chargeons,
Alignons
Nos canons,
Entonnons
Un cantique ;
Compagnons,
Chargeons, chargeons, chargeons,
Vidons notre barrique
En joyeux Francs-Maçons.

Quittant son jardin,
L'illustre Jean-Baptiste
Baptisa soudain
Les hommes au Jourdain ;
Mais jamais ce saint
Qu'à suivre je persiste,
N'eut le noir dessein
De baptiser le vin.
          Compagnons, etc.

Ce bon Saint prêchant
Contre les fidèles,
A tout bout de champ
Entonnait le plein chant :

S'il vécut content
De maigres sauterelles,
  Jamais ce ragoût
Ne sera de mon goût.
      Compagnons, etc.

Ce patron disert
Dans sa mâle éloquence,
  Pour le Dieu qu'il sert
Prêche dans le désert :
  Qu'un frère au dessert
M'expose sa souffrance,
  J'entends son discours !..
A son secours, je cours.
      Compagnons, etc.

  Si du haut des cieux
Précipitant la foudre,
  Le maître des Dieux
La roulait dans ces lieux;
  Etonné des feux
Que produit notre poudre,
  Ce Dieu fulminant
Chanterait en riant:
      Compagnons, etc.

Divin Salomon,
Qui construisis ce temple,
  Daigne écouter mon
Cantique ou mon sermon ;
  Honorant ton nom,
Et prêchant ton exemple,
  Laisse tes enfans
Chanter encor cent ans:
      Compagnons, etc.
        CASIMIR MENESTRIER.

BACCHUS FRANC-MAÇON.

—

AIR :

L'AMOUR a reçu la lumière :
Je prétends aussi, dit Bacchus,
Des Francs-Maçons être le frère :
Je vaux bien le fils de Vénus.
L'amour inspire la tristesse,
Le vin nous rend gais et contens :
On n'aime que dans la jeunesse ;
On peut boire dans tous les temps.

Il se rend au temple, on le *tuile* ;
Bientôt ces mots sont entendus :
Il *pleut* pour toi dans notre asile,
Profane ! reste aux *pas perdus.*
— Messieurs, messieurs, point d'épigramme ;
Ce profane a quelques vertus :
Tel qui se damne avec sa femme,
Ne se sauve qu'avec Bacchus.

L'*expert* lui dit : Votre origine ?
— Je suis fils du maître des dieux.
— Quoique de naissance divine,
De ce bandeau couvrez vos yeux.
— De moi vous vous moquez sans doute ?
Dans mon vin je ne mets point d'eau.
L'ami ! j'ai bu ; je n'y vois goutte ;
Je n'ai pas besoin de bandeau.

Que l'on commence les épreuves....
— Oh ! oh ! dit Bacchus, point de peur ;
Donnons ici nouvelles preuves
De mon indomptable valeur.
La mort même, oui, je la brave!
Mais dans mes sens quelle fraîcheur !
On me descend dans une cave....
Bon! c'est combattre au champ d'honneur.

Vous voilà ! dit le vénérable ;
Voyons un peu votre moral.
Que doit un homme à son semblable?
— Toujours le bien , jamais le mal.
—Fort bien ! quelle est la loi suprême?
—Vous offre-t-on Beaune et Pommard,
Je crois qu'on se doit à soi-même
De ne pas en laisser sa part.

Nous pratiquons la bienfaisance.
— De moi soyez donc satisfaits.
Pour embellir votre existence,
Quels présens valent mes bienfaits !
Je console de la misère ;
Le bonheur ! je sais l'égayer ;
Si votre maîtresse est légère,
Je vous la fais vite oublier.

— Il est digne de la lumière ;
Il doit illustrer mon maillet !
Frères, fêtons le nouveau frère
En le conduisant au banquet.

— C'est là, toujours là mon vrai centre ;
Et j'y soutiens fort mon parti ;
Frères, vous voyez à mon ventre
Que je serai bon apprenti.

« Tyrse, dit-il, de ma puissance,
» Montre ici le pouvoir divin ;
» Qu'aujourd'hui la reconnaissance
» Fasse couler des flots de vin. »
La liqueur s'échappe et pétille ;
Bacchus, Maçon depuis ce temps,
A fait à la grande famille
Nombre de joyeux partisans.

Des fâcheux méprisons le blâme,
Livrons-nous tous à la gaîté ;
Que Bacchus échauffe notre âme
Du feu de la fraternité.
Amis, qu'on dise à notre gloire :
Ils soulagent l'adversité ;
Et lorsqu'ils ne peuvent plus boire,
On boit du moins à leur santé.

J. A. JACQUELIN.

L'AMITIÉ MAÇONNIQUE.

AIR : *Gusman ne connaît plus d'obstacles.*

L'AMOUR, héritier de sa mère,
A sa sœur remit son flambeau,
Et lui dit : Partageons, ma chère :
Moi, je veux garder mon bandeau.
A la clarté de sa lumière,
Aux mortels offrant des leçons,
L'amitié parcourut la terre,
Et se fixa chez les Maçons.

Depuis ce jour, à tous mes frères,
Cette aimable divinité
Fit goûter des destins prospères,
En leur montrant la vérité.
Grâce à ses conseils, à son zèle,
Si parfois nous nous chicanons,
Avant de vider la querelle,
Nous vidons d'abord nos canons.

Par l'orgueil et la jalousie,
Le Maçon fut calomnié;
Mais pardonnons l'affreuse envie
A qui méconnnaît l'amitié.
Méchans, bravant votre imposture,
On verra, malgré vos soupçons,
Changer les lois de la nature,
Plutôt que celles des Maçons.

C. DE PRADEL.

●●●

APOLOGIE DES FRANCS-MAÇONS.

1740.

———

AIR *à faire.*

Quoi ! mes frères, souffrirez-vous
Que notre auguste compagnie
Soit sans cesse exposée aux coups
De la plus noire calomnie?
Non, c'est trop endurer d'injurieux soupçons :
Souffrez qu'à tous ici ma voix se fasse entendre,
Permettez-moi de leur apprendre
Ce que c'est que les Francs-Maçons.

Les gens de notre ordre toujours
Gagnent à se faire connaître,
Et je prétends par mes discours
Inspirer le désir d'en être.
Qu'est-ce qu'un Franc-Maçon? en voici le portrait :
C'est un bon citoyen, un sujet plein de zèle,
A son prince, à l'état fidèle,
Et de plus un ami parfait.

Chez nous règne une liberté
Toujours soumise à la décence ;
Nous y goûtons la volupté,
Mais sans que le ciel s'en offense.

Quoiqu'aux yeux du public nos plaisirs soient secrets,
Aux plus austères lois l'ordre sait nous astreindre ;
 Les Francs-Maçons n'ont point à craindre,
 Ni les remords ni les regrets.

 Le but où tendent nos desseins,
 Est de faire revivre Astrée,
 Et de remettre les humains
 Comme ils étaient au temps de Rhée.
Les Maçons suivent tous des sentiers peu battus ;
Nous cherchons à bâtir, et tous nos édifices
 Sont, ou des prisons pour les vices,
 Ou des temples pour les vertus.

 Je veux, avant que de finir,
 Nous disculper auprès des belles,
 Qui pensent devoir nous punir
 Du refus que nous faisons d'elles.
S'il leur est défendu d'entrer dans nos maisons,
Cet ordre ne doit pas exciter leur colère :
 Elles nous en loueront, j'espère,
 Lorsqu'elles sauront nos raisons.

 Beau sexe, nous avons pour vous
 Et du respect et de l'estime ;
 Mais aussi nous vous craignons tous,
 Et notre crainte est légitime.
Hélas ! on nous apprend pour première leçon,
Que ce fut de vos mains qu'Adam reçut la pomme,
 Et que, sans vos attraits, tout homme
 Serait peut-être un Franc-Maçon.
     PROCOPE, Médecin.

LE TIN-TIN MAÇONNIQUE.

RONDE.

AIR : *Repas en voyage* (des Solitaires de Normandie).

QUAND nos joyeux verres
Font dès le matin,
    Tin-tin,
Chaque jour, mes frères,
    Devient un festin.

Aux fils d'Epicure,
Si la nuit procure,
Sans souci ni cure,
Les faveurs de l'amour ;
Un dieu respectable,
Non moins charitable,
Les rappelle à table,
Pour commencer le jour.
    Quand nos joyeux verres, etc.

Lorsque Phœbus quitte
Le sein d'Amphitrite,
On court, on s'agite,
Rien ne peut m'entraîner.
Sans inquiétude,
Ma seule habitude,
Mon unique étude,
C'est de bien déjeûner.
    Quand nos joyeux verres, etc.

Ardent à la course,
Qu'un homme à ressource
S'en aille à la Bourse
Perdre ou gagner un sou.
Loin de toute affaire,
Content de ma sphère,
Je n'ai rien à faire
Lorsque j'ai bu mon soûl.
Quand nos joyeux verres, etc,

Malgré la sagesse,
Veut-on, par adresse,
Doubler sa richesse?
L'on meurt pauvre souvent.
N'eussé-je qu'un rouble,
Je le verrai double,
Si mon œil se trouble
Le matin en buvant.
Quand nos joyeux verres, etc.

Quelquefois j'endève,
Lorsque je me lève,
D'abréger un rêve
Qui m'offrait du bon vin.
Mais sur la fougère,
Près de ma bergère,
Je sens qu'un plein verre
Vaut mieux qu'un songe vain.
Quand nos joyeux verres, etc.

Narguant l'émétique
Qui rend l'homme étique,
J'ai, de ma pratique,
Sevré la Faculté.

Si la soif m'éveille,
Je cours sous la treille;
C'est dans ma bouteille
Que je bois la santé.
    Quand nos joyeux verres, etc.

Créanciers avides,
Procureurs livides,
Viennent, les mains vides,
M'éveiller...., quel délit !
    Valent-ils ce groupe
    De gourmands en troupe,
    M'offrant une coupe,
Pour boire au saut du lit.
    Quand nos joyeux verres, etc.

Jour et nuit Dorante
Rime et se tourmente;
Des vers qu'il enfante,
Lui-même est fatigué.
    Adam.... que j'honore,
    Buvait dès l'aurore;
    L'on répète encore
Son refrain vif et gai.
    Quand nos joyeux verres, etc.

Deux rivaux qu'agite
La froide Brigitte,
Désertant leur gîte,
Vont se couper le cou....
    Bacchus en goguette,

Près du bois les guette:
  Voici la guinguette,
Mes gens vont boire un coup.
  Quand nos joyeux verres, etc.

  Assis près d'Ursule,
  Thomas, par scrupule,
  Long-temps dissimule
Son amoureux transport;
  Le vin qui pétille,
  Rend la force au drille...
  Il l'ôte à la fille....
Nos amans sont d'accord.
  Quand nos joyeux verres, etc.

  Bacchus fortifie
  La philosophie,
  Sa gaîté défie
Les plus sombres Catons.
  Celui qui sait boire,
  Se rit de la gloire,
  Brave l'onde noire....
Buvons donc et chantons:
  Quand nos joyeux verres, etc.
         ARMAND GOUFFÉ.

———

•••

CANTIQUE D'ADOPTION.

———

Air du vaudeville de Madame Scarron.

Célébrons, célébrons la fête nouvelle,
    Qui dans ce séjour,
    Unit les grâces et l'amour ;
Qu'aux Maçons, qu'aux Maçons le plaisir fidèle
    Vienne sur nos cœurs
    Répandre toutes ses faveurs.

    Nous sommes sur cette terre
    Fort sujets à manquer tous ;
    On manque un bal, une affaire,
    Un billet, un rendez-vous :
    Un faiseur de mélodrames
    Peut bien manquer des couplets,
        Mais un banquet de dames
        Ne se manque jamais.
Célébrons, etc.

    Vive le pouvoir des belles
    Pour conduire un atelier !
    Chaque Maçon avec elles
    Est jaloux de travailler ;
    Jusqu'aux maris tout s'empresse
    De souscrire au moindre arrêt,
        Quand la grande maîtresse
        Tient le premier maillet.
Célébrons, etc.

Un censeur atrabilaire
Se déchaîne contre nous;
S'il recevait la lumière
Il partagerait nos goûts.
Il ne faut à ce maussade
Pour le guérir du *spleen*,
Qu'un tour de promenade
Dans le jardin d'*Eden*.
Célébrons, etc.

Vous, dont la vie inactive
Se passe dans les ennuis,
Vous, qu'un sort rigoureux privé
Ou de parens ou d'amis,
De nos liaisons sincères
Venez goûter les douceurs,
Vous aurez de bons frères,
Et de charmantes sœurs.
Célébrons, etc.

De cette brillante fête
Pour consacrer les attraits,
J'aurais voulu, de ma tête,
Tirer sept ou neuf couplets.
Ma plume n'y peut suffire,
Mais puisqu'il faut s'arrêter,
Si je cesse d'écrire,
Je puis encor chanter.
Célébrons, etc.

ÉTIENNE JOURDAN.

11

BON VIN , BONNE OEUVRE.

AIR :

DE Saint-Jean l'heureuse fête
Brille à mon œil enivré ;
De mon cœur et de ma tête,
Quel transport s'est emparé !
Accourez, triste indigence,
Accourez, joyeux buveurs,
La gaîté , la bienfaisance
En tout temps chez nous sont sœurs.
　Maçons, maître et manœuvre,
　Donnons-nous tous la main ,
Et répétons ce doux refrain :
Aujourd'hui bon vin, bonne œuvre,
Et répétons ce gai refrain :
Aujourd'hui bonne œuvre et bon vin.

Aux travaux honneur et gloire;
Honneur et gloire au banquet !
Le bienfait invite à boire,
Et boire invite au bienfait.
Pour l'appui de l'infortune,
Pour l'amour de nos tendrons,
Vidons d'une ardeur commune
Notre bourse et nos flacons.
　Maçons , etc.

Si ce soir chez quelque belle
Le mystère nous conduit,
Avant de céder chez elle
Au désir qui nous séduit;
D'une mère dans les larmes
Courrons essuyer les pleurs;
La belle aura plus de charmes,
Ses baisers plus de douceurs.
   Maçons, etc.

Du *maître*, les traits, la panse,
A nos yeux n'offrent-ils point
La gaîté, la bienfaisance,
L'appétit et l'embonpoint.
Au double soin qui le touche,
Il cède, et dès qu'il paraît
C'est une main à la bouche,
Et l'autre dans le gousset.
   Maçons, etc.

DÉSAUGIERS.

CANTIQUE DE CLOTURE.

Joyeux et bons Maçons
De la *Philantropie*,
Sans regrets, jouissons
Des plaisirs de la vie.
La peine aura son tour ,
Mais éloignons des terreurs passagères,
Et terminons un si beau jour
En buvant à nos frères.

1°   Au captif secouant
Les fers de l'esclavage,
Au malheureux errant
De rivage en rivage.
2°   Au prêtre tolérant.
3° Au prince , ami des peuples, des lumières :
Voilà les feux vifs et brûlans
En l'honneur de nos frères.

Joignons-nous mains en mains,
Tenons-nous ferme ensemble,
Louons dans nos refrains
Le dieu qui nous rassemble.

Sensible à notre amour,
Grand Dieu! permets qu'à nos heures dernières,
Nous soyons, comme en ce beau jour,
Entourés de nos frères.

Ch. QUENTIN,
Vén∴ de la ▭∴ Philantropie, O∴ de S.-Quentin.

●●

CANTIQUE DE RÉCEPTION.

AIR : *J'étais bon chasseur autrefois.*

JE marchais depuis bien long-temps
A travers d'épaisses ténèbres,
La nuit sur mes pas chancelans
Etendait ses voiles funèbres ;
Profane, aveugle, malheureux,
J'allais terminer ma carrière,
Mais, grâce à vos soins généreux,
Je reçois de vous la lumière.

Sans souci, sans ambition,
Sur rien, dans le cours de ma vie,
Je n'ai fait de réflexion,
Cela, je vous le certifie.
Mais la chambre où l'on m'a conduit,
A cette vertu singulière,
Que votre frère y réfléchit
Quatre minutes sans lumière.

Frères, je connais tout le prix
De votre cœur, de votre zèle:
A mes frères, à mes amis
Je jure de rester fidèle.
Accourez chez moi tour-à-tour,
Visiter mon humble chaumière,
Et je vous offre dès ce jour
Le pain, le vin et la lumière.

Dignes Maçons, qui m'entourez
De tant d'amour, de confiance,
Pour mes vers aussi vous aurez,
Comme pour moi, de l'indulgence.
Que peut un timide apprenti,
Qui marche encore à la lisière,
Et de qui l'œil appesanti
A peine s'ouvre à la lumière.

P. VILLIERS.

●●●

IL ÉTAIT DIGNE DE L'ÊTRE.

————

AIR : *Trouverez-vous un parlement.*

Avec le modeste patron
Qui deux fois par an nous rassemble,
Epicure est un gai luron
Qu'on devrait fêter, ce me semble.
Des seuls plaisirs il prit leçon ;
L'amour sur ses pas les fit naître.
Frères, s'il n'était pas Maçon,
Il était bien digne de l'être !

Fêtons aussi, fêtons celui
Qui de Tibur fit sa taverne ;
Qui brava les sots et l'ennui,
Entre Glycère et le Falerne.
De sa lyre le joyeux son
Fit par fois pâlir plus d'un traître.
Horace n'était pas Maçon,
Mais il était digne de l'être !

Chantons encor, chantons ce Roi
Qu'à bon droit tout Français révère ;
Si des ligueurs il fut l'effroi,
De ses sujets il fut le père.

Amant guerrier, Roi sans façon,
Dans l'art de boire passé maître.
Henri, s'il n'était pas Maçon,
Était du moins digne de l'être.

Aimer et servir son pays,
Aimer et servir sa maîtresse ;
Rire et boire avec ses amis,
Plaindre et soulager la détresse ;
Aimer le vin et la chanson,
Prendre Grégoire pour son maître ;
Voilà comme on devient Maçon
Ou comme on est digne de l'être.

P. Gentil.

●●●

MASTIQUONS.

——

AIR : Du vaudeville de Madame Scarron.

MASTIQUONS (*bis*), Comus nous appelle,
  Chargeons, alignons
Barriques, poudres et canons ;
S aisissons (*bis*) et pioche et truelle,
  Ne tarissons point,
Et cimentons notre embonpoint.

  Déjà le feu des étoiles
  Sur nos tuiles vient briller,
  Chers frères, doublons de voiles,
  Il est temps d'appareiller.
  Un ciel pur et sans nuages
  Au port nous conduira tous,
    Puisqu'au sein des orages
    Il ne pleut pas pour nous.
Mastiquons, etc.

  Si les saints murs de ce temple
  A tout profane inconnus,
  Chaque jour offrent l'exemple
  Des plus touchantes vertus,
  C'est qu'amis de tous les hommes
  Avec eux nos nœuds sacrés,
    Tout Maçons que nous sommes,
    Ne sont jamais plâtrés.
Mastiquons, etc.

11*

Petite maison bien pleine
D'un petit nombre d'élus,
Etait le joyeux domaine
Que Socrate aimait le plus.
Et cet excellent usage,
Qu'il faisait de sa maison,
    Nous prouve que ce sage
    Fut jadis Franc-Maçon.

Mastiquons, etc.

Et toi qui dans la matière
Obscurément engourdi,
N'a jamais vu la lumière
Pas même au coup de midi.
Il est temps que tu t'élèves
A nos sublimes travaux...
    Arme-toi de nos glaives,
    Marche sous nos drapeaux!

Mastiquons, etc.

DÉSAUGIERS.

COUPLETS.

1740.

AIR : *A faire*.

Noë Maçon très-vénérable,
Pour éclairer le genre humain,
  Prit la grappe, fit le vin,
    Liqueur aimable.
  Que tout verre soit plein
  De ce jus délectable :
Par ses esprits restaurons-nous.
    Ah ! qu'il est doux !
En Maçons honorons la table.

De notre art cet auguste père
Par l'arche triompha de l'eau,
  Qui ne fut point le tombeau
    D'un seul bon frère.
  Il bâtit le tonneau,
  La bouteille et le verre,
Et s'écria : restaurons-nous.
    Ah ! qu'il est doux !
En Maçons suivons la lumière.

DE LA TIERCE.

LE DOUBLE BUT DE LA MAÇONNERIE

——

AIR : *De Mariane.*

GRAVES amis de la sagesse,
Du plaisir apôtres charmans,
Hommes bons et pleins de simplesse,
Hommes à légers sentimens,
  Gens réfléchis,
  Vrais sans-soucis,
Plaisans frondeurs de la pédanterie,
  Talens fameux,
  Esprits heureux,
Hommes choisis qu'on accueille en tous lieux,
 Connaissez, selon votre envie,
 Ce qu'on n'a jamais contesté,
 L'agrément et l'utilité
  De la Maçonnerie. (*ter.*)

Chaque jour se montrer sensible,
Toujours rester homme de bien;
Pour les méchans être inflexible,
Et du faible être le soutien.
  Gaîment savoir,
  Matin et soir,

Bien travailler sans nulle étourderie;
    Puis sans chagrin,
    Le verre en main,
Chanter en chœur le plus joyeux refrain;
   Ainsi s'offrent, toute la vie,
   Unis avec intimité,
   L'agrément et l'utilité
    De la Maçonnerie.

   Fidèle à ce sage système,
   Attaquer les mauvaises mœurs,
   Les charlatans et parfois même
   Le mauvais goût de nos auteurs.
    Donner le ton
    De la raison
A tout sujet qui défend la saillie;
    Mais en riant,
    Mais en buvant,
Ce point à part, être aimable et plaisant;
   Voilà comme on peut sans folie
   Prouver, par la diversité,
   L'agrément et l'utilité
    De la Maçonnerie. (*ter*.)

                        BAZOT.

LES TOASTS.

—

AIR :

ALORS que l'intolérance
Maîtresse en d'autres climats
D'une stupide ignorance
Contre nous arme les bras ;
Sous le beau ciel de la France,
Je porte en cette chanson
Le toast d'un vrai Franc-Maçon.

A Charles X , prince aimable :
Il doit chasser de nos cœurs
Une espérance coupable
Ou des injustes terreurs ;
A ce Roi, grand , noble, affable,
Comme Henri, sans façon,
C'est le toast d'un Franc-Maçon.

Aux lumières : c'est par elles
Que l'homme peut quelque jour
De ces passions rebelles
Fuir le dangereux retour ;
Aux vérités éternelles,
Aux bienfaits de la raison,
C'est le toast d'un Franc-Maçon.

A l'oubli de ces querelles
Filles de l'opinion,
A l'accord des bras fidèles
Puissans par leur union ;
Aux libertés sans licence,
A nos droits sans déraison:
C'est le toast d'un Franc-Maçon.

A l'égalité première :
Elle prend l'homme au berceau,
Et sur nos corps en poussière
Règne encor dans le tombeau ;
A ce symbolique équerre
Que hait l'orgueil du blason :
C'est le toast d'un Franc-Maçon.

A la noble bienfaisance:
Qu'elle vive dans nos cœurs ;
Que de l'honnête indigence
Elle aille sécher les pleurs ;
A cette douce obligeance
D'un cœur charitable et bon:
C'est le toast d'un Franc-Maçon.

BRAIT DE LA MATHE ,
membre de la Philantropie, O∴ de Saint-Quentin.

LE FIN MOT DE LA MAÇONNERIE.

AIR : *Du petit mot pour rire.*

MES frères , j'en suis attristé ;
Mais plus de chant , plus de gaîté ;
   Cruelle départie !
O le plus affreux des revers !
Tous nos secrets sont découverts ;
     On sait le mot ,
     Oui , le fin mot
De la Maçonnerie.

On sait , au profane séjour ,
Qu'ici nous nous rassemblons pour
   Mener joyeuse vie ;
Que par le mot de *volupté* ,
Tout notre rite est constaté :
     C'est bien le mot ,
     Oui , le fin mot
De la Maçonnerie.

On sait que , la nuit et le jour ,
Chacun de nous , vrai troubadour ,
   Chante sa douce amie.
Oui , mais dans nos malins propos
On sait que nous rions des sots ;
     C'est bien le mot ,
     Oui , le fin mot
De la Maçonnerie.

Aux clameurs du vice odieux
Opposant les effets heureux
   D'une douce harmonie,
On sait qu'aux vertus, aux talens
Nous offrons le plus pur encens :
      C'est bien le mot,
       Oui, le fin mot
   De la Maçonnerie.

Nous trouvons dans un doux lien
Notre bonheur, on le sait bien ;
   Mais, surprise inouie !
Comment, l'éprouvant chaque jour,
Suffisons-nous à tant d'amour?
      C'est le fin mot,
       L'aimable mot
   De la Maçonnerie.

On sait... et que ne sait-on pas,
Puisque tout se sait ici bas !
   Malgré cette manie,
Frères, restons, aux yeux de tous,
Sages, sans cesser d'être fous :
      C'est là le mot,
       Le plus fin mot
   De la Maçonnerie.

VATINELLE.

LE RÊVE.

—

AIR : *Une fille est un oiseau.*

MES frères, j'ai cette nuit,
Fait un rêve épouvantable:
Je vous voyais tous à table,
Armés d'un fort appétit.
Tout-à-coup la foudre gronde,
Les plats tombent à la ronde,
Dans les yeux de tout le monde
Déjà se peint la douleur.
Chacun à peine respire:
Qu'est-ce que cela veut dire?
Se dit-on avec frayeur. (*bis.*)

Mais un prodige nouveau
Vient glacer le vénérable ;
Nous voyons sur notre table
Le vin se changer en eau.
Ses yeux se mouillent de larmes,
Tout redouble nos alarmes ;
L'orateur nous crie: aux armes !
Mais nous y volons en vain.
Le diable, à nos vœux contraire,
A gelé, dans chaque verre,
Le peu qui restait de vin. (*bis.*)

A cet aspect douloureux,
Les frères de l'harmonie
Perdent leur goût, leur génie,
Et se regardent entr'eux.
Les visiteurs en gémissent;
Les lumières en pâlissent;
Les colonnes en frémissent;
Ciel! qu'allons-nous devenir?
Lors, une voix formidable
Dit ces mots: « Race coupable,
» Tremble, je viens te punir. (*bis.*)

» Fils ingrats, j'avais pour vous,
» Créé le titre de frères;
» Mes lois n'étaient point sévères,
» Mes préceptes étaient doux;
» Le monde était la patrie
» Qu'à ma famille chérie,
» Dans ma tendresse infinie,
» A jamais j'avais donné;
» Parjures, dans votre ivresse,
» Au mépris de la sagesse,
» Vous m'avez abandonné.   (*bis.*)

A la voix de Salomon,
Chaque frère, dans son âme,
Ressent une douce flamme,
Un éclair de la raison;
On se promet d'être sage,
De travailler davantage,
Afin d'acquérir de l'âge
Dans l'art que nous professons
Salomon retient son ire,
Car le sage roi sait lire
Dans le cœur des Francs-Maçons.   (*bis.*)

La preuve que Salomon
Pardonnait à sa famille,
C'est qu'au même instant pétille
La poudre dans le canon;
Tous les plateaux se remplissent;
Les bons mots nous réjouissent;
Tous les frères applaudissent,
On s'embrasse maintes fois.
Amis, dans mon dernier songe
Tout n'a pas été mensonge:
A votre santé je bois.

DE VASSELOT.

LES ENFANS DE LA NATURE.

AIR : *De la croix d'honneur.*

NE cherchons point un atelier brillant
Par l'éloquence ou bien par la sagesse,
Car on ne trouve en cet humble Orient
Que bonne foi, zèle ardent et simplesse.
Si le profane, armé d'un froid mépris,
Ose insulter à l'homme sans culture,
Tout autrement pensent les bons esprits :
Pour le Maçon ils ont toujours leur prix
    Les élèves de la nature.

Le précurseur de l'ordre des Maçons
A parmi nous pris jadis ses apôtres;
Suivant ici ses divines leçons,
Nous nous aimons vraiment les uns, les autres.
Nous n'avons point des fils de la cité
La politesse et la bonne tournure;
Chacun son lot, c'est de toute équité,
Mais on peut croire à la sincérité
  Chez les enfans de la nature.

Ah! c'est par vous, bons frères visiteurs,
Qui partagez nos pures jouissances;
Par vous surtout, illustres sénateurs;
Qui couronnez toutes nos espérances,
Que de ce temple au moins quelques momens,
S'enoblissant l'agreste architecture,
Comme un trésor qu'on perdit en nos champs,
On voit briller les plus nobles talens
  Chez les enfans de la nature.
     J. QUANTIN.

FAITES-VOUS MAÇONS.

AIR : *Bon, bon, Saint Léobon.*

Vous qui cherchez l'union,
Vous que le plaisir enflamme,
Vrais sages à la façon
D'Épicure et de Piron,
  Bon, bon, arrivez donc !
Notre loge vous réclame,
  Bon, bon, arrivez donc !
    Fait's-vous Maçon.

Vous qui baissez pavillon
Devant le train de Madame,
Pour éviter l'carillon
Qu'elle fait à la maison,
  Bon, bon, arrivez donc !
Chez nous, on n'voit pas de femme,
  Bon, bon, etc.

Vous dont le cœur noble et bon
Pratique la bienfaisance,
Et dans un secret profond,
Cache une bonne action,
  Bon, bon, arrivez donc !
Nous obligeons en silence,
  Bon, bon, etc.

Vous qui, comm' Chaulieu, Scarron,
Joignant l'précepte à l'exemple,
Prêchez dans chaque sermon
Plaisir, folie et raison,
  Bon, bon, arrivez donc!
Venez prêcher dans ce temple,
  Bon, bon, etc.

Vous qui riez du blason,
Traitez les rangs de chimères,
Et recevez rich's ou non
Les brav's gens à l'unisson ;
  Bon, bon, arrivez donc!
Ici nous sommes tous frères,
  Bon, bon, etc.

Nombreux enfans d'Apollon,
Vous qu'un sifflet estomaque,
Et qui n'aimez que le son
Des claqueurs de profession,
  Bon, bon, arrivez donc!
Chez nous sans cesse l'on claque,
  Bon, bon, etc.

Vous qu'un r'pas solide et long
Pris gaîment partout arrange;
Pourvu que le vin soit bon,
Les convives sans façon,
  Bon, bon, arrivez donc!
Chez nous l'on rit et l'on mange;
  Bon, bon, etc.

Au banquet de Salomon,
La sagesse est notre guide ;
L'amitié notre échanson ,
Notre dessert la chanson :
  Bon , bon , arrivez donc !
Un vrai sage nous préside ,
  Bon , bon , arrivez donc !
    Fait's-vous Maçon.

DE ROUGEMONT.

CANTIQUE DE BANQUET.

—

Air nouveau du F∴ Romagnesi.

Buvons , chantons
La main droite à nos armes ,
  Les vrais Maçons
Trouvent toujours des charmes
A vider leurs canons.

De la Maçonnerie
Pour fêter le patron ,
Formons notre harmonie
D'un triple carillon ,
Et de peur qu'il sommeille
Aux vers que nous chantons,
Tirons à son oreille
Mille coups de canons.
  Buvons , etc.

On serait bien plus sage
Si partout les canons
Servaient au même usage
Que chez les Francs-Maçons :
D'une poudre choisie
Chargés jusques au bord,
Ils conservent la vie
Loin de donner la mort.
   Buvons, etc.

Mais en sortant de table
Un frère quel qu'il soit,
Est toujours condamnable
S'il cesse d'aller droit;
Il doit un jour de fête
Avoir, pour fuir l'écueil,
L'équerre dans la tête,
Et le compas dans l'œil.
   Buvons, etc.

De la céleste voûte
Saint Jean le bienheureux,
Tu pardonnes sans doute
A nos refrains joyeux;
D'une joie indiscrète
Excuse les accens,
Et vois dans notre fête
Celle des bonnes-gens.

       A ROMAGNESI.

●●●

COUPLETS

Chantés à la Fête d'Ordre du G∴ O∴ de France, présidée
par le duc de Luxembourg, Administrateur Général de
l'Ordre, le jour de la Saint Jean d'Été 1777.

————

AIR : *En jupon court, en blanc corset.*

Au plaisir ce jour nous convie,
Tout enchante dans ce banquet.
Quel bien pour la Maçonnerie
Quand Luxembourg tient le maillet! (*bis.*)

Malgré l'éclat de sa naissance,
De niveau chez nous il se met!
On ne voit pas de préséance
Quand Luxembourg tient le maillet. (*bis.*)

La gaîté succède au silence,
La grosse joie est en arrêt;
C'est le règne de la décence
Quand Luxembourg tient le maillet. (*bis.*)

L'amitié brille dans ce temple;
Chaque frère est ami parfait.
Nous en avons un bel exemple
Quand Luxembourg tient le maillet. (*bis.*)

Tout-Maçon est vraiment mon frère
D'adoption comme de fait ;
Nous n'avons tous qu'un même père
Quand Luxembourg tient le maillet. (*bis.*)

Les Maçons, charmés de l'éloge
Que chacun de nous en a fait,
Viennent en foule à cette loge
Quand Luxembourg tient le maillet. (*bis.*)

ROETTIERS DE MONTALEAU,
depuis Grand Vénérable du G.·. O.·.

JE SUIS MAÇON.

AIR : *Mon Galoubet.*

JE suis Maçon ! (*bis.*)
Son flatteur dont mon âme est vaine ;
Pour mériter un si beau nom ,
Il n'est rien que je n'entreprenne ;
Pour moi la victoire est certaine :
Je suis Maçon ! (*quater.*)

Gais Francs-Maçons ! (*bis.*)
Vous qui du temple de mémoire ,
Approchez les épais buissons ,
Sur les ailes de la victoire ,
Vous suivant, je vole à la gloire ,
Gais Francs-Maçons ! (*quater.*)

Je suis Maçon ! (*bis.*)
C'est dire qu'à chaque bon frère,
Mon cœur appartient sans façon ;
Et que je suis au dieu du verre
Fidèle..... autant qu'à ma bergère,
    Je suis Maçon ! (*quater.*)

Vrais Francs-Maçons ! (*bis.*)
Pour le président qu'on s'apprête,
Et prouvons-lui par nos chansons,
Que pour célébrer cette fête
Il n'est pas de bouche muette ;
    Vrais Francs-Maçons ! (*quater.*)

Pauvre Maçon ! (*bis.*)
Cache soudain ta chansonnette,
Car on dirait à l'unisson,
Ah ! que légère est ta bluette.....
J'en conviens.... mais plus que poète,
    Je suis Maçon ! (*quater.*)

EDOUARD D'OGERON.

●●

ÉCHELLE D'ADOPTION.

———

AIR de la Croisée.

JE voudrais, par une chanson
Egayant la Maçonnerie,
De votre échelle, en vrai maçon,
Mes sœurs, donner l'allégorie.
Viens à moi! viens, frère Apollon;
Mais quel soin trouble ma cervelle?
On doit atteindre l'Hélicon,
   Monté sur votre échelle.

Aux profanes, nous, Francs-maçons,
Qui donnons si bien la lumière,
C'est de vous que nous la tenons:
Sans vous serions-nous sur la terre?
De L'univers, sexe adoré,
Oui, vous êtes l'âme éternelle!
Voilà bien le premier degré
   De votre aimable échelle.

Être au monde c'est un grand bien;
Mais que deviendrait notre enfance
Sans vous encore, heureux soutien
De notre fragile existence!

Un lait pur nous est assuré,
Vous guidez l'enfant qui chancelle,
Voilà bien le second degré
   De votre aimable échelle.

Arrive cet âge enchanteur,
Ce temps de l'amoureuse flamme,
Où nous sentons tous notre cœur
Palpiter au seul nom de femme.
De l'amour il est dévoré....
De vos yeux partit l'étincelle.
Et c'est le troisième degré
   De votre aimable échelle.

Sensible à notre ardent désir,
Vous couronnez notre tendresse;
Ah! c'est alors que du plaisir
Nous ressentons la douce ivresse!
Bientôt notre cœur est livré
A la tendresse paternelle....
C'est le quatrième degré
   De votre aimable échelle.

La vieillesse arrive à pas lents,
A l'amitié l'amour fait place,
Vous charmez encor nos vieux ans
Par mille soins remplis de grâce.
De bonheur vous nous enivrez,
Quand Dieu, qui vous fit, nous appelle:
C'est le cinquième des degrés
   De votre aimable échelle.

Si j'avais chanté tous les dons
Qui sont votre brillant partage,
J'aurais trouvé mille échelons,
J'en aurais trouvé davantage.
Mes couplets ne sont point menteurs,
La preuve est ici naturelle,
On voit bien qu'après vous, mes sœurs,
Il faut tirer l'échelle.

J.-A. JACQUELIN.

CANTIQUE

A l'occasion de la reprise des Trav∴ de la L∴ des Neuf
Sœurs, en 1806.

AIR : *L'hymen est un lien charmant.*

JOUR heureux! par toi sont finis
Nos regrets, nos peines cruelles,
Des neuf Sœurs, les amis fidèles
Dans leur temple sont réunis.
Ce spectacle m'offre l'image
De voyageurs du même bord,
Qui, dispersés pendant l'orage,
Sauvés presque tous du naufrage,
Se retrouvent enfin au port,
Après un pénible voyage.

O vous! par qui fut élevé
Ce temple où brillent vos lumières,
Qu'il est doux pour vos jeunes frères,
De le voir par vos mains sauvé !
C'est un nouveau pélerinage
Que vous allez encor tenter.
Jaloux d'aider votre courage,
Nous bénissons notre partage,
Quand vous daignez nous accepter
Pour vos compagnons de voyage.

Partons, amis, l'esquif est prêt,
Un doux zéphir enfle nos voiles,
Des neuf Sœurs, les vives étoiles
Nous guideront dans le trajet.
Dans ce charmant pélerinage,
Les plaisirs seront de moitié,
Pourrions-nous craindre quelqu'orage,
Quand pour charmer notre passage,
Les vertus, les arts, l'amitié,
Sont nos compagnons de voyage.

Pour trouver toujours des appas
Au sentiment qui nous inspire,
Mes chers amis, plaçons la lyre
Entre l'équerre et le compas.
D'efforts, de talens, de courage,
Nous devons tous notre tribut,
Et chacun doit, par quelque ouvrage,
A son tour charmer l'équipage :
Par ce moyen on touche au but
Sans s'être aperçu du voyage.

Venez, suivez-nous sur les mers,
Chastes Sœurs, divines pucelles;
Dans vos couronnes d'immortelles
Entrelacez des pampres verts.
Du temps, pour éviter l'outrage,
Cachez-nous sa faulx sous des fleurs;
Quelquefois dans notre passage,
Du bonheur offrez-nous l'image,
Et comblez-nous de vos faveurs,
Jusques à la fin du voyage.

SERVIÈRES.

LA PARFAITE RÉUNION.

AIR : *J'aime ce mot de gentillesse.*

Sur nos travaux et nos mystères,
Cherchant toujours à m'éclairer,
Partout où s'assemblent des frères,
Moi, je brûle de pénétrer.
Mais fuyant le temple où j'éprouve
Discorde, intrigue, ambition,
Je ne m'arrête qu'où je trouve
La parfaite réunion.

Je hais le temple où chacun lutte
D'esprit, de force et de talent,
Où tout le monde se dispute,
Mais où personne ne s'entend.

I2*

Je hais le temple où l'on s'efforce
De différer d'opinion :
Mes frères, qui fait notre force ?
La parfaite réunion.

Douce paix, fille du courage,
Daigne exaucer nos plus doux vœux !
Que l'olivier sous son ombrage
Rassemble les peuples heureux ;
Eteins les torches de la guerre,
Et malgré les soins d'Albion,
Fais enfin régner sur la terre
La parfaite réunion.

De ROUGEMONT.

●●

RONDE D'ADOPTION.

—

AIR du vaudeville de Madame Scarron.

ADOPTONS (*bis*), la gaîté sincère,
    La vertu, l'esprit,
Et mille dons que l'on chérit;
Adoptons (*bis*), des sœurs qu'on révère,
    Et puissions-nous tous,
Mes sœurs, être adoptés par vous.

Jeunes sœurs, votre présence
Est une fête pour nous;
Le bonheur et l'espérance
Sont toujours auprès de vous.
Sur vos pas amour s'arrête;
Par vous les cieux sont ornés:
    On vous offre une fête,
    C'est vous qui la donnez.
Adoptons, etc.

Un Franc-Maçon doit-il être
A l'amour assujéti?
Auprès de ce divin *maître*,
Il est doux d'être *apprenti*.

Oui, qu'amour nous accompagne;
Car dans ce monde, un Maçon,
S'il n'a pas de compagne,
N'est pas bon *compagnon*.
Adoptons, etc.

Dans le monde, c'est l'usage,
Entre le frère et la sœur,
On sait que le mariage
Est proscrit avec rigueur.
Nous bravons ces lois sévères;
Nous n'écoutons que nos cœurs :
En ces lieux que de frères
Épouseraient leurs sœurs.
Adoptons, etc.

Dans nos temples, le mystère
Préside à tous nos travaux;
L'amour même sait se taire
A côté de ses rivaux.
Pour la beauté qui le touche
Il devient silencieux,
Et pose sur sa bouche
Le bandeau de ses yeux.
. Adoptons, etc.

Que cette fête embellie
Par les sœurs que j'aperçois,
Leur donne encore l'envie
D'y revenir quelquefois.

Elles charmeront nos âmes
Par des traits toujours vaiqueurs ;
Une fête sans femmes
Est un jardin sans fleurs.
Adoptons , etc.

ROCHELLE.

COUPLETS D'ADOPTION.

AIR de la barcarole de Michel-Ange.

CHARMANTES sœurs , daignez m'entendre ,
Daignez accueillir ma leçon ;
En deux mots , oui , je veux vous apprendre
Ce que c'est qu'un Franc - Maçon.
Sans cesse il met sa jouissance
A bien plaider votre intérêt.   (*bis.*)
En amour comme en bienfaisance,
Le Maçon est toujours discret.   (*ter.*)

Le Franc-Maçon cherche à vous plaire ,
Son cœur est pur comme le jour ,
Il travaille, obéit ; sait se taire
Sur les secrets de l'amour.
Toujours charmant dans sa sagesse ,
Il est docile à votre voix ;   (*bis.*)
Et pour vous prouver sa tendresse ,
Il fait son devoir par *cinq* fois.   (*ter.*)

Mes sœurs, tel est notre mystère :
Suivre et pratiquer vos vertus,
Soulager ; consoler la misère
Par fois caresser Bacchus.
Ces plaisirs sont pleins d'innocence
Nous nous y livrons tour-à-tour. (*bis.*)
Mais cependant de préférence
Le Maçon revient à l'amour. (*ter.*)

RIZAUCOURT.

COUPLETS

En l'honneur du S.'. Prince Cambacérès, Grand-Maître
de l'Ordre, à la suite d'une pièce dramatique du F.'.
Moreau.

———

AIR : *C'est à mon maître en l'art de plaire.*

QUE l'on dise encor que les songes
Nourrissent nos vers indiscrets,
Qu'au pays obscur des mensonges,
Nous allons tracer nos port...
Ah ! d'une illusion traîtresse
Notre auteur n'a pas profité,
Et pour mieux peindre votre ALTESSE
Il fit parler la vérité.

Tout ce que le respect inspire,
Tout ce qu'un amour pur ressent,
Tout ce qu'enfin il sut bien dire,
Nous l'éprouvions au même instant.

Une étude eût été frivole,
Chacun eût servi de souffleur,
Et sans avoir appris de rôle,
Nous savions les couplets par cœur.

Tous les deux friands d'ambroisie,
Exercés aux mêmes travaux,
Nous ignorons la jalousie
Et pourtant nous sommes rivaux.
Jamais aux rives du Permesse
Son succès n'attrista mon cœur;
Mais il a chanté votre ALTESSE;
Je suis jaloux de son bonheur.

A l'Orient on vous contemple;
Vous êtes l'idole du lieu.
Les Maçons bâtissent un temple
Dont votre ALTESSE était le DIEU.
Je fus témoin de leur ivresse;
Dans un transport peu régulier
Ils applaudissaient votre ALTESSE,
Et je n'étais pas le dernier.

Votre nom s'offre à la mémoire
Avec l'image des bienfaits;
Votre nom vivra dans l'histoire
Comme il vit au cœur des Français.
Chacun formant un vœu sincère
Demanderait à l'Éternel
Que vous devinssiez centenaire
Si vous n'étiez pas immortel.

JOSEPH PAIN.

●●

CANTIQUE D'APPRENTI (1).

1740.

AIR connu.

FRÈRES et compagnons
De la Maçonnerie,
Sans chagrin jouissons
Des plaisirs de la vie.
Munis d'un rouge bord,
Que par trois fois le signal de nos verres,
Soit une preuve que d'accord,
Nous buvons à nos frères.

CHŒUR.

Soit une preuve que d'accord,
Nous buvons à nos frères. } (ter.)

Le monde est curieux
De savoir nos ouvrages,
Mais tous nos envieux
N'en seront pas plus sages :

_____

(1) Ce Cantique est d'usage dans toutes les Loges, à la
fin de chaque banquet ; mais généralement on ne chante
que le premier et le dernier couplets. Le Cantique entier,
copié dans vingt recueils, est plein de fautes ; nous les
avons fait disparaître ici.

Ils tâchent vainement
De pénétrer nos secrets, nos mystères;
Ils ne sauront pas seulement
Comme boivent les frères.

CHŒUR.

Ils ne sauront pas seulement
Comme boivent les frères. } (*ter.*)

Ceux qui cherchent nos mots,
Se vantent de nos signes,
Sont du nombre des sots,
De nos soucis indignes:
C'est vouloir de leurs dents,
Prendre la lune en sa course ordinaire;
Nous-mêmes serions ignorans,
Sans le titre de frère.

CHŒUR.

Nous-mêmes serions ignorans,
Sans le titre de frère. } (*ter.*)

On a vu de tout temps,
Des monarques, des princes,
Et quantité de grands
De toutes les provinces,
Pour prendre un tablier,
Se dépouiller de leurs armes guerrières,
Et toujours se glorifier
D'être connus pour frères.

Chœur.

Et toujours se glorifier
    D'être connus pour frères. } (*ter.*)

Joignons-nous main en main,
Tenons-nous ferme ensemble,
Rendons grace au destin
Du nœud qui nous rassemble,
Et soyons assurés
Qu'il ne se boit sur les deux hémisphères,
Point de plus illustres santés
    Que celles de nos frères.

Chœur.

Point de plus illustres santés
    Que celles de nos frères. } (*ter.*)

De Lansa.

●●●

LE TABLIER.

———

AIR : *Du myrte frais.*

LE Maçon seul connaît le vrai bonheur ,
Ses jours sereins s'écoulent sans orage ;
   Sa jouissance tient au cœur ,
   Et ne souffre point d'alliage.
L'acacia, le myrte, l'olivier,
   Font sur sa tête un triple ombrage ;
   Et son devoir, des mains du sage,
   Fut tracé sur son tablier.

Que le profane inculpe le Maçon ,
D'un pareil trait faut-il que l'on s'étonne ?
   Nous savons tous que le frêlon,
   Autour de l'abeille, bourdonne.
On cherche envain à nous calomnier ;
   Notre constance est à l'épreuve.
   Le devoir des fils de la Veuve
   Est tracé sur le tablier.

Lorsque l'on voit les profanes haineux
Se déchirer, se déclarer la guerre,
   Les Maçons s'unissent entre eux,
   D'un pôle à l'autre par l'équerre.

C'est l'amitié qui sert de nautonier
   Aux nefs de l'ordre maçonnique.
   Leur lest est la pierre cubique
   Et leur voile, le tablier.

Dans ses amours, le profane avec soin
Cherche le bruit, le répand sur ses traces,
   Quand le Maçon n'a pour témoin
   Que le mystère auprès des grâces.
Toujours discret, il ne peut s'oublier,
   Leur emprunte-t-il leur ceinture,
   En revanche, d'une main pure,
   Il leur offre son tablier.

Quand un profane, ivre de sa grandeur,
Voit d'Antium la déesse inconstante
   Se livrer en proie au malheur,
   Il se désole, il se lamente ;
Mais le Maçon brave son joug altier :
   Satisfait, sous un toit modeste,
   Toujours joyeux tant qu'il lui reste
   Sa truelle et son tablier.

REGNAULT DE BEAUCARON.

●●●

HOMMAGE AUX SOEURS.

———

AIR : *Nous sommes précepteurs d'amour*.

JEUNES beautés, ne craignez pas
Les suites de votre voyage ;
Nos cœurs, qui volent sur vos pas,
N'aspirent qu'à vous rendre hommage.

Dans ces lieux, aux méchans exclus ,
L'honneur doit être votre égide ,
Ah ! dans le temple des vertus,
Souffrez que l'amitié vous guide.

De notre chef l'ardeur s'accroît.
Il veut vous admettre et pour cause :
A chaque femme qu'il reçoit
Son maillet s'orne d'une rose.

MAXIME DE REDON.

VIVE LA MAÇONNERIE!

—

AIR : *Nous n'avons qu'un temps à vivre.*

VIVE la Maçonnerie!
C'est le charme des grands cœurs.
De la chaîne qui nous lie,
Mes amis, chantons les douceurs.

De l'antique chevalerie,
Faisant revivre les beaux jours,
Servons le prince et la patrie,
Chantons Bacchus et les amours.
Vive la Maçonnerie! etc.

Sous l'allégorique figure
Que nous offre chaque leçon,
Je vois la gaîté d'Epicure,
Et la morale de Platon.
Vive la Maçonnerie! etc.

Si dans le monde on nous condamne
De nous tenir souvent reclus,
Qu'importe un monde où l'on se damne,
Quand on est parmi les élus?
Vive la Maçonnerie! etc.

Le profane, dans son audace,
Par ses plans nous croit confondus.
Il faut, quoi qu'il dise ou qu'il fasse,
Qu'il reste dans les pas perdus.
Vive la Maçonnerie! etc.

Le Maçon sacrifie aux Grâces,
Mais il dédaigne les grandeurs,
Et, sans s'arrêter aux surfaces,
Il pénètre les profondeurs.
Vive la Maçonnerie! etc.

Ose-t-on franchir toute épreuve,
Pour connaître tous nos secrets?
Sur l'orphelin et sur la veuve,
On voit répandre des bienfaits.
Vive la Maçonnerie! etc.

Puissent sur les deux hémisphères,
Réunis par nos vœux secrets,
Tous les peuples devenus frères,
Sceller une éternelle paix!
Vive la Maçonnerie! etc.

Quand de la parque meurtrière
Le ciseau fatal m'atteindra,
Je veux qu'à mon heure dernière,
On chante, au lieu d'un *libera*,
Vive la Maçonnerie! etc.

QUILLET.

●●●

CANTIQUE.

AIR : *Va-t-en voir s'ils viennent Jean.*

A ton nom, respect, amour,
  Grand saint Jean-Baptiste,
Dont la bonté chaque jour
  Ici nous assiste.
Des Saints, dont plus tendrement
  Nos cœurs s'entretiennent ?
  Va-ten voir s'ils viennent,
        Jean ;
  Va-t-en voir s'ils viennent.

Quand vient le jour de chanter
  Tes bienfaits, ta gloire,
Et quand pour mieux te fêter
  Vient l'instant de boire,
Des jours dans le cours de l'an
  Qui mieux nous conviennent,
  Va-t-en voir, etc.

Pour les malheureux toujours
  Tes lois tutélaires
Réclament nos prompts secours ;
  Aussi chez nos frères,

Un brave homme, un indigent
  Qui ne les obtiennent,
    Va-t-en voir, etc.

Apprentis et compagnons,
  Pour toi tout mastique,
Et pour toi nous alignons
  Canon et barrique;
Des vins dont en te chantant
  Les Maçons s'abstiennent ?
    Va-t-en voir, etc.

Lorsqu'ici nous te fêtons,
  Des cors, des trompettes,
Des hautsbois et des bassons ,
  Et des clarinettes,
Dont les sons plus puissamment
  Captivent, entraînent?
    Va-t-en voir, etc.

Nous célébrons avec toi
  Le fils d'un grand homme !
Des princes plus chers, ma foi,
  Aux enfans de Rome,
Y compris Titus, Trajan,
  Dont ils se souviennent!
    Va-t-en voir, etc.

Ici pour ce grand objet,
  Vois comme on s'accorde ;
Notre seule devise est :
  Amour et concorde!

13

Des cœurs que d'un nœud plus franc
  Les liens enchaînent ?
    Va-t-voir, etc.

  Un vénérable parfait,
    Comme l'est le nôtre,
Ou de son triple maillet
    Un plus digne apôtre,
Ou des frères qui vraiment
    Mieux que lui le tiennent?
    Va-t-en voir, etc.

Protecteur de nos banquets,
    Pour grâce dernière,
Lorsque tu vois que nos mets
    Restent en arrière,
De peur qu'un traître, un gourmand,
    Ne nous les retiennent,
    Va-t-en voir s'ils viennent,
      Jean,
    Va-t-en voir s'ils viennent.

DÉSAUGIERS.

●●

CANTIQUE.

—

AIR : *Français, quel est ce chevalier ?*

LE disque brillant du soleil
Semble s'arrêter sur nos têtes ;
Et la nature à son réveil,
Commande et partage nos fêtes.
   Du Maçon au pervers,
Et du héros jusqu'à l'insecte,
Tout ressent, dans cet univers,
Les bienfaits du Grand Architecte.
Sages Maçons, célébrons en ce jour,
Et ses travaux et notre amour.

Avec les frimats, les hivers,
S'apaisent toutes nos querelles ;
Le fanatisme est dans les fers,
La liberté reprend ses aîles.
   L'étranger pour jamais,
De son joug pesant nous délie ;
Et sans crainte tout bon Français
Chante la gloire et sa patrie.
Sages Maçons, offrons-leur en ce jour,
Nos cœurs, nos bras et notre amour.

Suivons un devoir signalé
Que l'humanité nous ordonne ;
De nos secrets il est la clé ;
De notre temple il est le trône.

Tandis que du plaisir
La coupe à longs traits nous abreuve,
Entendez-vous au loin gémir
Les pauvres enfans de la veuve ?
Aux malheureux prodiguons en ce jour,
Et nos bienfaits et notre amour.

CH. QUENTIN.

GÉMISSONS !

AIR : *Chansonniers, mes confrères.*

L'ESPRIT n'a plus d'empire,
Le goût
Surtout
A peine respire;
Le calembourg conspire,
Frères et compagnons,
Gémissons! (*ter.*)

De sinistres tombeaux
Remplacent les bons mots,
De vilains mélodrames
De peur,
D'horreur
Font frémir les dames;
Dans le fond de nos âmes,
Frères et compagnons,
Gémissons! (*ter.*)

Jadis au cabaret
Le bon vin égayait ;
De nos jours on se pique
D'avoir
Le soir
Pour meilleur tonique
Du punch .. vitriolique.
Frères et compagnons,
Gémissons! (*ter.*)

Ah! faisons une pause
Au beau
Tombeau
Où l'amour repose ;
L'intérêt en est cause.
Frères et compagnons,
Gémissons! (*ter.*)

Bon soir la tempérance :
Gourmands,
Friands,
Sont en abondance ;
On crève de bombance.
Frères et compagnons,
Gémissons! (*ter.*)

J. A. JACQUELIN.

●●

JE SUIS MAÇON, JE SUIS FRANÇAIS.

———

AIR : *de Calpigi.*

Qu'un esclave de la fortune
Chante la grandeur importune ;
Qu'il offre sans cesse aux puissans
Un méprisable et vain encens.
Ma muse inhabile, mais fière,
Chante les fils de la lumière,
Et de mon pays les succès :
Je suis Maçon , je suis Français.

Lorsqu'à l'envi toute la terre
Dresse des autels à Voltaire,
La haîne avec acharnement
Met ce grand homme en jugement.
Que plus d'un sot lui soit contraire,
Dans mon cœur cet illustre Frère
Gagne avec dépens son procès :
Je suis Maçon, je suis Français.

S'arme-t-on contre notre France?
Un frère est-il dans l'indigence?
A l'un comme à l'autre toujours
Je porte un utile secours.
Voici ma devise chérie:
« A mes frères, à ma patrie,
« Je me suis voué pour jamais !
« Je suis Maçon , je suis Français.

J. QUANTIN.

●●

CANTIQUE

POUR LA FÊTE DU PRINCE CAMBACÉRÈS,
LE JOUR DE LA SAINT-JEAN.

———

AIR : *De la cinquième édition.*

J'APPROUVE le choix du prénom
Adopté pour un prince auguste;
Ainsi que lui, Jean, son patron,
Fut bienfaisant, sensible et juste.
Mais notre Jean nous offre en lui
Tant de vertus qui se rassemblent,
Que l'on voit, hélas! aujourd'hui
Bien peu de gens qui lui ressemblent.

Où rencontrer comme orateur
Un plus grand maître en l'art de dire?
Où trouver comme prosateur
Un plus grand maître en l'art d'écrire?
Oui, celui qu'ici nous fêtons
A ces traits doit se reconnaître;
Partout, comme chez les Maçons,
En lui nous trouvons un *Grand-Maître.*

Si pour notre félicité
Quelque erreur lui semble fatale,
Par amour pour la vérité,
Jean la dénonce et la signale.
Toujours la vérité se peint
Dans ses discours, dans sa conduite;

La seule vérité qu'il craint
C'est la loüange qu'il mérite.

Vous qui voulez que vos enfans
Héritent de votre noblesse,
Suivez de nouveaux réglemens,
De Jean consultez la sagesse.
Pour sceller vos titres, je crois
Qu'il est le meilleur des arbitres ;
Minerve et Thémis à la fois
A la gloire ont scellé ses titres.

A l'Évangile, nous dit-on,
Jean travailla, je veux le croire ;
Mais dans ce genre à son patron,
Jean peut disputer la victoire.
Le code dont on a fait choix
Lui doit mainte ordonnance utile ;
Grâce à lui la France a des lois,
Et l'honneur a son évangile.

JEAN n'est pourtant pas le seul nom
Qu'en tous les tems notre Jean porte ;
Ici l'on ne dira pas non :
A tous les cœurs je m'en rapporte.
Réunissant deux noms chéris,
Il est, vous l'avoûrez, je pense,
HONORÉ dans tous les pays,
Et DÉSIRÉ dans son absence.

ALISSAN DE CHAZET.

FIN.

TABLE.

FIN DE LA TABLE.

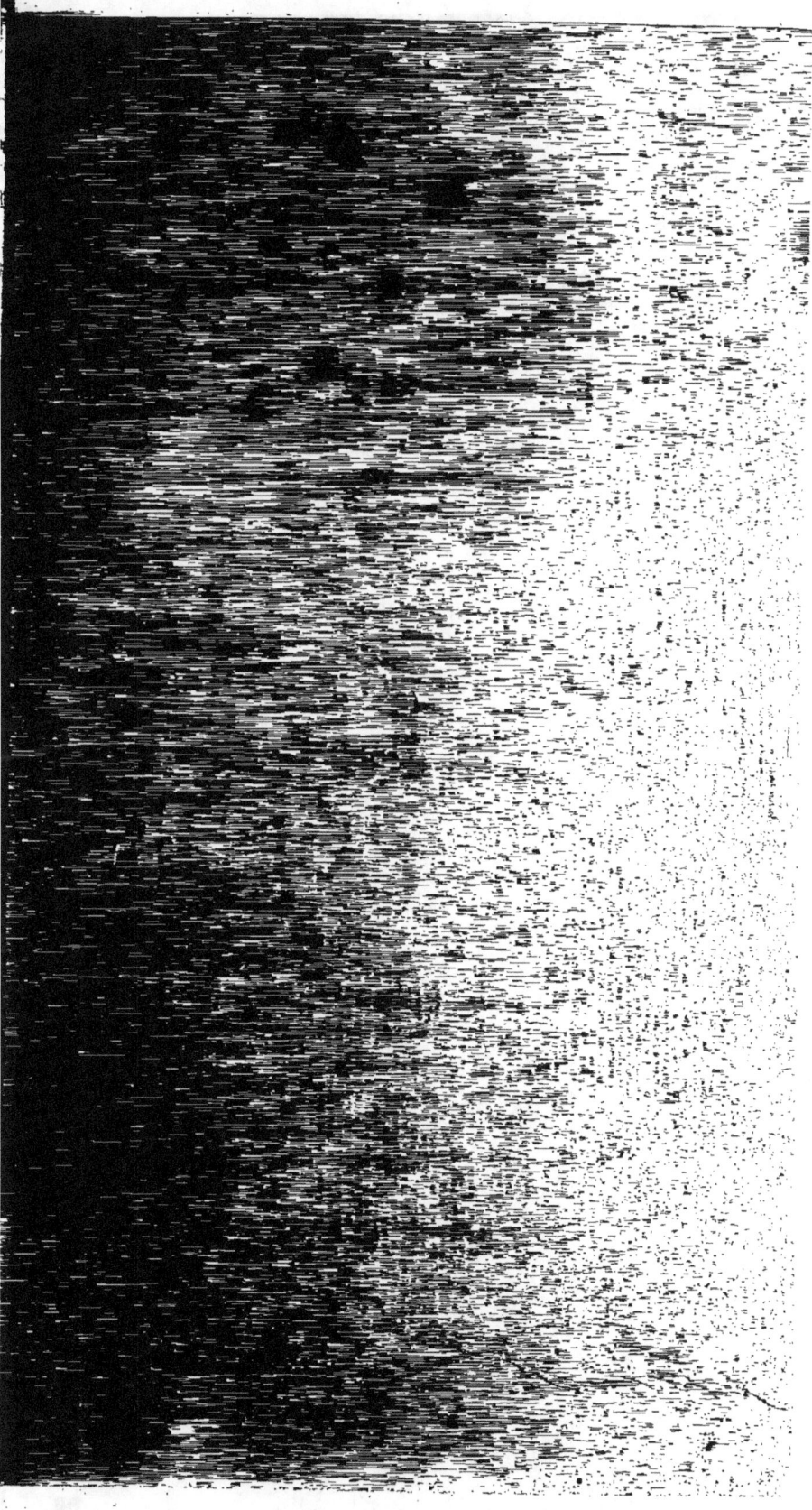